Strahlen

*Für meine Eltern, meinen Bruder Paul
und
Konrad*

Osman G. Rzyttka

Strahlen

Geschichte und Geschichtchen aus Indonesien

© 2012 Voodoo Child Productions
Satz, Umschlaggestaltung, Herstellung und Verlag:
BoD – Books on Demand
ISBN 978-3-8482-3398-4

Inhalt

Bandung, Stadt der Blumen und des Flammenmeers

Bandung, die Hauptstadt der Provinz Westjava, hat gemäß des Zensus von 2010 knapp 2,4 Millionen Einwohner und liegt auf einer von vulkanischem Terrain umgebenen Hochebene im Innern Westjavas. Die erste urkundliche Erwähnung der Stadt datierte auf 1488. Ein europäischer Chronist erwähnte Bandung 1614, und bezifferte die Anzahl der Häuser der Ortschaft auf 25 bis 30. Im 17. und 18. Jahrhundert begann die 1602 gegründete Generale Vereenichde Geoctroyeerde Oostindische Compagnie (VOC) damit, um Bandung herum Plantagen anzulegen, und 1786 wurde von Batavia (heute Jakarta) über Buitenzorg (heute Bogor) und Cianjur eine Straße nach Bandung gebaut. Ein weiterer Entwicklungsimpuls ging vom Bau des von Anyer, an der Westküste Javas, über Bandung nach Panarukan, an der Ostküste Javas, verlaufenden Großen Postwegs (De Groote Postweg) aus, der während der Regierungszeit von Generalgouverneur Herman Willem Daendels (1808 bis 1811) gebaut wurde. Die Straße verlief über etwa 1.000 Kilometer und sollte, letztlich vergeblich, die Verteidigung Javas gegen die Briten erleichtern. Nachdem Napoleon im Juli 1810 das von seinem Bruder verwaltete Königreich Holland aufgelöst hatte und das Gebiet der Niederlande Frankreich einverleibt hatte, erklärte Daendels Ostindien im Februar 1811 ebenfalls zu einem Teil Frankreichs, anstatt die Unabhängigkeit der Kolonie anzustreben, was damals auch eine Option gewesen wäre. Daraufhin besetzten die Briten Java und weitere niederländische Stützpunkte in Ostindien im Laufe der napoleonischen Kriege im August und September 1811 fast widerstandslos, und der auf einem Schiff vor der Küste Jamaikas geborene Sir Thomas Stamford Raffles wurde zum Leutnant Gouverneur von Java ernannt. Er wurde von einheimischen Javanern auf den buddhistischen Tempel Borobudur hingewiesen, und machte dessen Existenz ab 1814 einer größeren Öffentlichkeit bekannt. Im November jenes Jahres starb seine erste Frau Olivia Mariamne, und wurde in Batavia auf dem Friedhof von Tanah Abang beigesetzt. Zwei Jahre später verließ Raffles Java wieder, und sein Nachfolger übergab die Kolonie den Niederländern. 1817 erschien das von Raffles verfasste Werk „The History of Java", die erste umfassende landeskundliche Arbeit über die Insel. Für die Qualität seiner zahlreichen Reformen in der Verwaltung und dem Justizsystem der Kolonie spricht, dass die Niederländer sie größtenteils übernahmen (Vgl. Hall 1981, S.529). Raffles sollte noch Generalgouverneur von Bencoolen werden, der britischen Besitzung an der südlichen Westküste Sumatras, und im Februar 1819 Singapur gründen, bevor er 1824 nach England zurückkehrte. Hier verstarb er am 5. Juli 1826, einen Tag vor seinem 45. Geburtstag. Eine rasch verglühte Sternschnuppe am Firnament.

Ab Mitte des 19. Jahrhunderts wurden in den Plantagen um Bandung Tee, Kaffee und Chinarindenbäume in großem Stil angepflanzt. Setzlinge des Chinarindenbaums hatte erstmals der deutsche Botaniker Justus

Karl Haßkarl 1854 aus Südamerika nach Niederländisch-Ostindien eingeführt, doch es war der Naturforscher Franz Wilhelm Junghuhn, der die Versuchspflanzungen in die Nähe von Bandung verlegte, eine südlich der Stadt, an die Hänge des Malabar Vulkans, und eine nördlich, am Tangkuban Perahu Vulkan. Mit der Verlegung der Pflanzungen in diese klimatisch günstigeren Gebiete kam ein Jahr nach Junghuhns Tod 1864 der Durchbruch, und Niederländisch-Ostindien stieg zum größten Chininproduzenten der Welt auf. 1880 wurde die Eisenbahnverbindung Batavia – Bandung fertig gestellt, und verringerte die Reisezeit auf dieser Strecke auf etwa vier bis fünf Stunden. Seit 1920 gab es Pläne, den Sitz der Kolonialregierung von Batavia nach Bandung zu verlegen. Es wurde dann zwar noch das Oberkommando der königlich niederländisch-indischen Armee in diesem Jahr nach Bandung verlegt, aber die Pläne zur Verlegung des Regierungssitzes konnten aufgrund des Kriegsbeginns 1939 und der sukzessiven Besetzung Niederländisch-Ostindiens durch die Japaner im Frühjahr 1942 nicht mehr umgesetzt werden, obwohl sie bereits weit gediehen waren. So sollte der neue Regierungsbezirk im Nordosten der Stadt angelegt werden. Der Unabhängigkeitskrieg, der von 1945 bis 1949 andauerte, forderte auch von Bandung seinen Tribut: Der britische Befehlshaber stellte den republikanischen Unabhängigkeitskämpfern im März 1946 ein Ultimatum, die Stadt Bandung aufzugeben. Dies geschah auch, allerdings setzten die abziehenden Indonesier das ganze südliche Bandung in Brand und hinterließen im wahrsten Sinne verbrannte Erde. Die Bevölkerung der Stadt wuchs von etwa 230.000 im Jahr 1940 auf über eine Million im Jahr 1961, und weiter auf rund zwei Millionen im Jahr 1990 an. 1955 fand im Gebäude des ehemaligen Club Concordia, seinerzeit ein Treffpunkt für reiche niederländische Pflanzer, die erste Asia-Afrika-Konferenz der Blockfreien Staaten statt, auf der die Erklärung von Bandung verabschiedet wurde, ein 10-Punkte-Papier über den Weltfrieden und gegen Kolonialismus. Ein zweites Mal fand die Konferenz 2005 in Bandung statt, im gleichen Gebäude.

Eine meiner ersten Erinnerungen ist ein Spaziergang mit meinem Vater an der mit hohen, alten Bäumen bestandenen *Jalan* Dago in Bandung. Die Sonne gleißte tropisch hell durch die Wipfel der Bäume, wobei die Blätter von unten betrachtet eine hellgrüne Farbe hatten, durchzogen von den dunkleren Blattadern. Damals, Mitte der 1970er, war die vierspurige Jalan Dago noch umsäumt von alten holländischen Art-déco Häusern aus den 1920er Jahren, mit großzügigen Vorgärten, in denen hier und dort Agaven ihre stacheligen, ledrigen Blätter in den Himmel reckten. Hier, auf knapp 800 Höhenmetern, war das Klima etwas gemäßigter als in Jakarta, und man konnte nachts ohne Klimaanlage schlafen. Im Bandung jener Zeit war die Kolonialzeit, die ja damals erst 35 Jahre vorüber war, städtebaulich wie in einer Zeitkapsel konserviert, und wenn auch die alten Gebäude zum Teil bereits deutliche Spuren des Gebrauchs zeigten, konnte man sich noch unschwer vorstellen, wie sie einmal gewirkt haben mochten. In die leerstehenden Häuser der einstigen Kolonialherren waren die einheimische Elite, westliche Geschäftsleute und Berater mit ihren Familien gezogen, und teilweise waren die großzügig gestalteten Gebäude gut erhalten, teils aber auch stark renovierungsbedürftig. Die Indonesier begegneten Europäern und *Indos* zwar verhalten, doch überwiegend höflich und freundlich.

Auf dem Spaziergang kamen mein Vater und ich an dem in seiner kolonialen Pracht dastehendem Santo Borromeus Krankenhaus vorbei, und mein Vater sagte zu mir: „Hier ist dein Bruder Paul geboren worden," worauf ich ihn fragte, ob man dafür eine Bohrmaschine brauchen würde. Mein Vater verneinte, ging aber diplomatisch nicht weiter auf Details zum Thema Geburt ein, sondern lachte. Er hatte damals an einem alten Auto herumgeschraubt und viel mit der Bohrmaschine daran gearbeitet, wobei ich ihm oft zugesehen hatte. 1968 war er von der Firma Siemens nach Jakarta versetzt worden war, die für verschiedene Städte auf Java Telefonämter lieferte. Dabei reiste er das erste Mal mit der niederländischen KLM in einer vierstrahligen Boeing 707 unter anderem über Karachi und Bangkok nach Jakarta. Damals wurden noch Urkunden verteilt, dass man den Äquator überquert hatte, und so erhielt auch mein Vater ein Exemplar.

Mein Vater, ein gebürtiger Berliner, hatte meine Mutter, die aus Bagan Siapi-Api in der Provinz Riau auf Sumatra stammt, schließlich in Jakarta kennengelernt, worauf sie bald darauf heirateten. 1974 wurde ich noch in Jakarta geboren, dann zogen wir nach Bandung, wo 1976 mein Bruder Paul zur Welt kam. Wir wohnten damals in der Jalan Cilamaya, gegenüber des *Gedung* Saté, einem 1921 errichteten Verwaltungsgebäude der niederländischen

Kolonialmacht, das 1980 zum Sitz des Gouverneurs der Provinz Westjava wurde, und so genannt wurde, weil die Spitze des Gebäudes an einen Saté-Fleischspieß erinnerte. Siemens hatte mit einem sicheren Gespür für die passende Immobilie seine Bandunger Dependance in einer kolonialen Villa untergebracht, mit einem mir damals riesig vorkommenden Schild im Vorgarten, auf dem in goldenen Lettern „Siemens" stand. Wir wohnten im hinteren Teil des Hauses, und mein Vater nahm als sogenannter Einzelkämpfer die Interessen des Hauses Siemens in Bandung wahr.

Mein Vater hatte sich ein Motorrad gekauft, ein japanisches Fabrikat mit silbern lackiertem Tank, und wenn meine Mutter mitten in der Nacht plötzlichen Heißhunger entwickelte, was durchaus öfter vorkam, als sie schwanger mit Paul war, schwang sich mein Vater auf sein Motorrad und machte sich auf den Weg zu *Ayam* Kompa, der einzig ernstzunehmenden Hähnchenbraterei seinerzeit in Bandung. Sie war in einer wellblechbedachten Garage untergebracht, in der sich auf einer gasbefeuerten Herdstelle ein riesiger rußgeschwärzter Wok mit brutzelndem Bratöl befand, in dem die Hähnchenteile ausgebraten wurden. Keine Industriehähnchen, so was gab es damals noch nicht, sondern originale Ayam *Kampung.* Wir wohnten bis 1976 in der Jalan Cilamaya, dann zogen wir für vier Jahre nach Deutschland, um schließlich 1980 wieder nach Bandung zurückzukehren. Anfangs pendelten wir zwischen Jakarta und Bandung und wohnten in der ersten Zeit in Hotels, in Jakarta im Hotel Indonesia und in Bandung im Hotel Savoy Homann. Im Hotel Indonesia gab es einen Delikatessenladen, in dem man Wurst erstehen konnte, was unsere Familie zu regelmäßigen Kunden machte, da mein Vater, Paul und ich auch in Indonesien, soweit verfügbar, Wurst, Käse und Graubrot aßen. Meistens fuhren wir mit einem großen alten, blauen Holden Kingswood mit weißen Siemens-Schriftzügen an den beiden Vordertüren zwischen Jakarta und Bandung hin und her, wobei der einmal hinter dem Puncak bei strömenden Regen seinen Geist aufgab. Das war für meinen Vater zwar ein Grund zu spät in Bandung anzukommen, aber kein Hindernis, und nach kurzer Reparatur ging die Fahrt weiter. Fazit: Vater zwar nass, aber Image- und sonstiger Schaden von der Firma Siemens abgewendet. Ein anderes Mal waren wir in einem beigen Renault 12 eines Bekannten unterwegs, an den ich mich nur noch so genau erinnere, weil Paul und ich am kurvenreichen Puncak seekrank wurden und in den Fußraum hinten reinkotzten, sehr zur Begeisterung meiner Eltern.

Das Hotel Savoy Homann hatte Anfang der 1980er schon bessere Tage gesehen, nämlich bevor die Niederländer ihr ostindisches Kolonialreich am 27. Dezember 1949 endgültig aufgaben, und das Hotel noch als Treffpunkt für reiche holländische Pflanzer in Feierlaune diente, die sich dort am Wochenende ausgiebigst vom eintönigen Plantagenalltag erholten. Wenn man das graue, geschwungene, dreistöckige Hauptgebäude des Hotels berat, befand sich linker Hand die Rezeption, während rechts ein Fresko mit einer Landkarte von Indonesien, mit eingetragenem Eisenbahnnetz, die Wand verzierte. Die letzte bauliche Neuerung damals war der aus Anlass der Asia-Afrika-Konferenz 1955 eingeweihte

Flügel, der sich entlang des Innenhofes mit seinem kleinen tropischen Garten erstreckte. Zur Jalan Asia Afrika hin war die Lobby des Hotels durch eine hüfthohe Balustrade getrennt, in der man allerlei für das Auge erbauliche Zierpflanzen und Farne gepflanzt hatte. Dahinter verteilten sich schwere, mit rotem Leder bezogene Sessel, die sich um kleine Tischchen gruppierten. Der Speisesaal war entsprechend altmodisch möbliert und hatte keine Fenster sondern Lüftungsgitter, und da in der Küche die Herde ölbeheizt waren, musste man vor dem Essen immer erst die Teller auf Rußflecken untersuchen. Die Kellner schlappten barfuss über die Fließen des Hotels, und legten dabei ein gemächliches Tempo vor. *Tempo doeloe* konserviert vom Feinsten.

Wir zogen dann bald in ein Haus in der ziemlich belebten Jalan Lombok, und das Nomadendasein zwischen Jakarta und Bandung hatte sein Ende. Das Haus war riesig, und hatte einen eigenen Gäste- und Dienstbotentrakt. Zu unseren dienstbaren Geistern zählten ein Chauffeur, eine Köchin, eine Magd und ein Hausjunge, der sich auch um den Garten kümmerte. Zur Straße hin schloss das Haus mit einer Glasfront ab, hinter der das Gästewohnzimmer lag, der Eingangstür, und, etwas zurückspringend, einem Klappfenster, das aus mehreren Segmenten bestand, die man mit einem Hebel auf- und zuklappen konnte. Eines Nachts hörte mein Vater Geräusche im vorderen Teil des Hauses, also schloss er die Eingangstür auf, und ging auf die Veranda, um nach dem Rechten zu sehen, fand aber nichts und legte sich wieder schlafen. Am nächsten Morgen waren Fußspuren zu sehen, die quer über die Veranda hin zum Klappfenster gingen, wo einige Scheibensegmente fehlten. Offenbar hatte jemand versucht einzubrechen, und da es geregnet hatte, hinterließ dieser Jemand seine Fußspuren. Mein Vater war bei seiner nächtlichen Inspektion zu seinem Glück nicht bis zum Klappfenster gegangen, in dessen Einbuchtung sich der verhinderte Einbrecher vor ihm versteckt hatte, und der dann aufgegeben hatte.

Sonst verbrachten wir in Bandung eine unbeschwerte Zeit. Im hinteren Garten des Hauses stand ein Jambubaum, und in der Garage schon bald ein nagelneuer orangefarbener Toyota Corona, den in der Regel der Chauffeur Nono fuhr. Nono sollten Paul und ich mehr als einmal in Schwierigkeiten bringen. Einmal wurde er von meiner Mutter streng gemaßregelt, weil er uns im Bandunger Zoo, wohin mein Bruder Paul, Nono und ich einen Ausflug gemacht hatten, jeweils ein Wassereis gekauft hatte. Ich weiß noch, er wollte uns eigentlich gar kein Eis kaufen, weil er dann nämlich nicht mehr genügend Geld für den Parkwächter hatte. Paul und ich machten aber so einen Aufstand, dass er uns das ersehnte Eis kaufte, und dafür den armen Parkwächter um seinen sowieso gewiss nicht üppig bemessenen Lohn betrog. Zu Hause bekam Nono dann Ärger mit meiner Mutter, weil er uns das Eis gekauft hatte, und davon auszugehen war, dass das Wasser für das Eis nicht abgekocht worden war. Uns ist aber nichts passiert, bis auf die Schelte, die wir ebenfalls von unserer Mutter bezogen.

Gleich zu Beginn unserer Zeit in Bandung erkrankte meine Mutter an Typhus, das sie sich in einer Garküche zugezogen haben musste, und mein Vater brachte sie schließlich ins Krankenhaus, weil er ihr nicht mehr anders zu helfen wusste. Meine Mutter kehrte dann nach einigen Tagen wieder nach Hause zurück, nachdem mein Vater ihre vorzeitige Entlassung bewirkt hatte. Sie hatte sich im Krankenhaus nicht sonderlich gut aufgehoben gefühlt, und zu Hause genas unsere Mutter unter regelmäßiger Einnahme von ungesalzenem Reisbrei, den ihr mein Vater ans Bett brachte, nach einigen Wochen vollständig.

Bei unserem Besuch meiner Mutter im Krankenhaus mussten Paul und ich im Auto warten, weil mein Vater befürchtete, wir könnten uns mit Typhus anstecken. Wir waren uns jedenfalls nicht ganz der bedrohlichen Lage bewusst, in der sich unsere Mutter befand. Auch vor indonesischen Krankenhäusern im Allgemeinen und diesem Bandunger Krankenhaus im Besonderen gab es Schilder, die die Verkehrsteilnehmer darauf hinwiesen, nicht zu hupen. Ich weiß nicht mehr ob absichtlich wegen des Schildes oder nicht, jedenfalls betätigte ich wonnevoll immer wieder die Hupe, was Nono zunehmend den Schweiß auf die Stirn trieb und in eine einigermaßen schwierige Situation brachte. Da ich damit nicht aufhörte, und er sich nicht anders zu helfen wusste, gab er mir eine schallende Ohrfeige. Danach war Ruhe. Nach unserer Rückkehr machte mein Vater Nono deswegen vollkommen richtigerweise keinen Vorwurf, so dass ich mit Hingabe die beleidigte Leberwurst zelebrieren konnte.

Eingeschult wurde ich 1980 in der deutschen Schule in Bandung in der Jalan Kyai Gede Utama, die etwa 25 Schüler besuchten, und die von zwei Lehrern und zwei Lehrerinnen unterrichtet wurden. Ein Lehrer und eine Lehrerin, Herr Hauptmann und Frau Sensfuß, bewohnten zwei Zimmer im hinteren Teil der Schule, eine andere Lehrerin, Frau Tanujaya, war mit einem Indonesier verheiratet, während der Religionslehrer auch katholischer Pfarrer der kleinen Gemeinde war, und immer aus Jakarta angefahren kam. Ihm rutschte ab und zu auch gerne mal die Hand aus. Dem Haupthaus schlossen sich zwei Seitenflügel an, so dass der kleine Pausenhof u-förmig umschlossen war, auf dem wir in den Pausen im Schatten des großen Waringin-Baums Fangen, Verstecken, Reiterkampf oder Füßetreten spielten. Die Schule ging nur bis zur sechsten Klasse, und war 1956 als Internat gegründet worden, das die Kinder von 300 über die Inseln verstreuten deutschen Medizinern beherbergte, die der damalige Präsident Sukarno ins Land geholt hatte, um die Lücke im Gesundheitswesen auszufüllen, die die abgezogenen Niederländer nach der Aufgabe ihrer Kolonie hinterlassen hatten. Das Internat gab es schon lange nicht mehr, aber einige der sehr robusten Teakholzbetten fanden irgendwie ihren Weg in unser Wochenendhaus in Lembang. Mein Vater, der ehrenamtlich als Verwalter im Schulverein tätig war, daran erinnere ich mich noch, stemmte eines Tages im Schulhaus eine Wand heraus, weil andere Eltern der Ansicht gewesen waren, dass die Kinder nicht genug Licht zum Lesen im Klassenraum hatten. Körperlich zu arbeiten war für Europäer in Indonesien zwar nicht direkt verboten, aber weit verbreitet war es definitiv nicht. Mein Vater dagegen hatte sich in Bandung einen alten Willys Jeep aus den 1950ern besorgt, den er eigenhändig reparierte und restaurierte. Dabei fluchte er oft lauthals in seiner ölverschmierten Arbeitskleidung ob der Widerspenstigkeit einzelner Schrauben und Muttern vor sich hin, aber am Ende fuhr der Jeep wieder. Während mein Vater so seine Freizeit verbrachte, waren mein Bruder, meine Mutter und ich öfter im Club Bumi Sangkuriang, einer Freizeitanlage aus den 1920ern, mit zwei Schwimmbecken, Restaurant und Tennisplätzen. Die Schwimmbecken waren innen himmelblau gestrichen, das große Becken verfügte über einen drei Meter hohen Sprungturm, während in dem Kinderbecken ab und an lange Froschlaichschnüre vorzufinden waren. Hier lernte ich Schwimmen, und nachdem dies vollbracht war, und ich das erste mal ohne Schwimmflügelchen das Becken durchquert hatte, erhielt ich zur Belohnung das Matchboxmodell eines Stuka-Bombers aus dem *Toko* Setiabudi von meiner Mutter geschenkt, auf das ich stolz wie Bolle war.

Bandung ist neben Miami in Florida die einzige Stadt weltweit, in der in den 1920ern eine große Anzahl von Gebäuden im Stil des tropischen Art-déco errichtet worden war, darunter auch das Hotel Savoy Homann, dessen Architektur von den großen Ozeandampfern jener Zeit inspiriert war. Die Haupteinkaufsstraße von Bandung, oder dem Paris des Ostens, wie es früher auch genannt wurde, war die Jalan Braga. Hier gab es diverse Geschäfte und die Konditorei Het Snoekje, die ethnischen Chinesen gehörte. Die Stühle waren altmodisch, aus Eisen und in schwarz und rosa gestrichen, die Wände mit Holz getäfelt, das mit den Jahren erdunkelt waren, und an der hohen Decke drehten sich große, dreiflügelige Ventilatoren. Zu essen gab es unter anderem Eiscreme und allerlei Gebäck, das zum Teil mit kräftiger, dunkler Schokolade verziert war. Der Kakaogehalt indonesischer Schokolade war höher als der normaler europäischer, da hier die teurere Zutat, an der gespart werden musste, nicht der Kakao war, den es ja hier in Hülle und Fülle gibt, sondern das Milchpulver. Außerdem gab es in der Jalan Braga ein Buchgeschäft, das auch englischsprachige Bücher führte, sowie einen Herrenfriseur, zu dem mein Vater meistens ging. Die großen Sessel hier waren aus Metall und mit rissigem Leder bezogen, und vor den hohen Spiegeln standen emaillierte Schüsseln mit Wasser, in denen die in Würde ergrauten Friseure den Rasierschaum von den alten Klapprasiermessern abwuschen. Zwischendurch schärften sie die Messer an langen Lederriemen. Gegenüber vom Friseur befand sich das Café Braga, dessen mit Sonnenschirmen bestandene Terrasse durch Blumenkästen von der Straße getrennt war. Dieses Café servierte eine erstklassige Wiener Melange und wurde rege von westlichen *Expatriates* und ihren Familien besucht. Vor den Blumenkästen standen immer einige Kleinhändler auf dem Bürgersteig, die versuchten, Bilder, Schnitzereien, und anderes Kunsthandwerk an den Mann respektive die Frau zu bringen.

In Bandung waren wir häufiger bei Frank und Sonja Hoffmann zu Besuch, bei denen wir auch übernachten durften. Frank war etwa in meinem Alter, also damals etwa acht Jahre, während Sonja schon etwas älter gewesen sein mochte, vielleicht elf Jahre. Sie waren auch Indos mit einem deutschen Vater und einer indonesischen Mutter, die ich allerdings nie gesehen habe. Als Kind hinterfragte man manche Sachen nicht, sondern akzeptierte sie einfach, und da Frank und Sonja von sich aus das Thema nie anschnitten, sprach ich es auch nicht an. Weil ihr Vater tagsüber arbeitete, waren die beiden außerhalb der Schulzeit sich selbst überlassen und genossen weitgehende Freiheiten. Bei den Hoffmanns aß ich das erste Mal Omelette mit Hirn und Reis, und im Nachhinein schüttelt es mich heute, aber damals schmeckte das ganz famos. Frank und Sonja hatten eine zeitlang mit ihrem Vater in Burma gelebt, wo Frank eines Tages im Garten ihres Hauses von einer kleinen, aber sehr giftigen Schlange gebissen wurde. Der Gärtner, so erzählte Frank, hätte die Bisswunde aufgeschnitten, das Blut mit dem Mund abgesaugt, dann zerstoßene Chilischoten aufgetragen, und Frank genas. Solche Geschichten imponierten mir. Auch die Hoffmanns hatten ein Grundstück in Lembang, das wir hin und wieder besuchten. Dabei benutzten wir vier Steppkes alleine die öffentlichen *Oplets*, was meiner Mutter gewiss nicht gefallen hätte, wenn sie es gewusst hätte. Auf dem Grundstück machten wir Lagerfeuer und rösteten kleine Kartoffeln, die ganz herrlich schmeckten. Dort erhielt ich auch von der etwas frühreifen Sonja meinen ersten Kuss, was an sich keine schlechte Sache war und süß schmeckte. Es eröffnete mir von da an eine völlig neue Welt, deren Chancen, aber auch Risiken und Nebenwirkungen, ich erst langsam einzuschätzen lernte.

Viele Orte und Geschehnisse meiner Kindheit in Bandung lesen sich abgehoben und in einer luxuriösen Parallelwelt handelnd, aber man musste bedenken, dass auf den damals von westlichen Firmenvertretern bewohnten und genutzten ehemals niederländischen Kolonialbauten die Patina von mindestens 60 Jahren Alterns in den Tropen lag. Auf die Gebäude hatte jahrelang abwechselnd praller tropischer Sonnenschein und Monsunregengüsse eingewirkt, so dass eine genauere Betrachtung durchaus Spuren des Verfalls enthüllen konnte. Das Kranwasser konnte man nicht trinken, und in den riesigen Gärten der weiter außerhalb von Bandung gelegenen Häuser konnte man ab und zu auch von der einen oder anderen Schlange überrascht werden. Dazu kamen vereinzelt Fälle von Tropenkrankheiten, die auch mit juckenden, aufbrechenden blutigen Pusteln und hohem Fieber einhergingen, Brechdurchfälle, sowie Lebensmittelvergiftungen, die rasch und tödlich verlaufen konnten. Die Hausangestellten verdienten jeweils im Monat vielleicht höchstens 70 Mark, bei freier Kost und Logis. Wir genossen während unserer Zeit in Indonesien zwar diverse Annehmlichkeiten, aber das Risiko war auch entsprechend höher als im wohlbehüteten Deutschland. Alles in allem jedoch überwiegen die schönen Erinnerungen, und in den 10 Jahren unseres zweiten Indonesienaufenthalts erkrankten Paul und ich nur vielleicht zwei- oder dreimal länger und ernsthaft.

Lembang und Tangkuban Perahu Vulkan

In der Nähe von Bandung liegt im Norden das Städtchen Lembang am Fuße des Tangkuban Perahu Vulkans, der etwa 2.100 Meter hoch ist. Kleinere Ausbrüche des Tangkuban Perahu waren 1846 und 1910 zu beobachten gewesen, 1969 kam es zu einem größeren Ausbruch mit schwarzen Staubwolken, die bis zu 500 Meter aufstiegen, zu Schlammströmen, sowie zur Entstehung eines neuen Detonationskrater mit einem Durchmesser von 30 Metern. Der Sage nach entstand der Tangkuban Perahu, was wörtlich übersetzt umgestürztes Boot bedeutet, vor langer Zeit, als sich ein Fürst in eine Königin verliebte. Die Königin aber konnte seine Gefühle nicht erwidern, weshalb sie dem Fürsten die Lösung einer eigentlich nicht zu bewältigenden Aufgabe antrug: Wenn er sie heiraten wolle, müsse er in einer einzigen Nacht einen Damm bauen, um den Fluss anzustauen, und ein Boot, um den entstandenen See damit befahren zu können. Der Fürst begann sogleich mit der Arbeit, und als die Nacht voranschritt, sah es so aus, als ob er seine Aufgabe bis zum Morgengrauen erfüllt haben würde. Auch die Königin bemerkte, dass sich die Dinge zu ihren Ungunsten entwickelten, weshalb sie die Götter überredete, die Sonne früher aufgehen zu lassen. Als aber der Fürst die Hähne zum Sonnenaufgang krähen hörte, riss er, von der Hoffnungslosigkeit seines Unterfangens überzeugt,

den Damm ein und stürzte das fast fertige Boot um:
Der Tangkuban Perahu war entstanden.

Auch in Lembang gab es ein altes Hotel, das Grand
Hotel, und einen Markt, auf dem man frisches Gemüse
von den Kleinbauern aus dem Umland kaufen konnte,
darunter auch Gemüsesorten gemäßigterer Breiten wie
Mais, Kartoffeln, Tomaten und Gurken, die aufgrund
des kühleren Klimas des Hochlandes hier gut gediehen,
aber auch leckere subtropische Obstsorten wie Avoca-
dos und Maracujas. Außerdem gab es in Lembang ein
chinesisches Restaurant, das hervorragenden Kangkung,
also Wasserspinat, mit gebratenen Rindfleischstrei-
fen in einer heißen Eisenpfanne servierte. In der Nähe
des Städtchens liegt der Ort Maribaya, von wo aus ein
Wanderweg nach Lembang führte, der zum Teil entlang
eines wildromantischen Flüsschens mit etwa 30 Meter
hohen Wasserfällen verlief, über die eine alte Metall-
brücke führte. Entlang des Weges hatten die Japaner
im zweiten Weltkrieg Tunnel graben lassen, stumme
Zeugen einer Zeit, als sich das paradiesische Leben der
niederländischen Kolonialherren und Indos nach der
Kapitulation der Königlich Niederländisch-Indischen
Armee am 8. März 1942 schlagartig innerhalb weniger
Wochen in das Gegenteil verwandelte, und die ganze
niederländische und ein Großteil der Indo-Bevölkerung
Ostindiens bis zur Ankunft der Briten nach dem Weltkrieg in Lagern interniert wurde. Es wird geschätzt, dass
jeder vierte Lagerinsasse nicht überlebte. In den Jahren
nach dem Krieg wurden 296.200 Niederländer aus Indonesien repatriiert, von denen nur 92.200 gebürtige
Niederländer waren (Vgl. Merbabu o.J., S.151). Der Rest

waren überwiegend Indos, die vor dem Krieg dominant in der Kolonialverwaltung vertreten gewesen waren. Sie besaßen sozusagen qua Herkunft das lokale Know-how, mit dem die Niederländer über Ostindien herrschten. Die Indos wurden, sofern sie ihre niederländischen Väter anerkannten, der europäischen Bevölkerungsgruppe zugerechnet, was mit gesellschaftlichen Vorteilen verbunden war. Dafür zahlten sie während der besonders blutigen *Bersiap*-Phase des Unabhängigkeitskrieges einen hohen Preis: Von etwa 3.600 Indos wurden die Leichen gefunden und identifiziert. Insgesamt jedoch waren mehr als 20.000 registrierte Indos entführt worden, die nicht wieder aufgefunden wurden, so dass davon ausgegangen wird, dass sie ebenfalls umgebracht wurden (Vgl. Ebenda o.J., S.228). Damit hatten die Indos mit Opfern in Höhe von mindestens 10 Prozent, gemessen an ihrer Gesamtbevölkerungszahl, einen sehr hohen Blutzoll für das niederländische Kolonialreich entrichtet.

Doch dies lag alles in ferner Vergangenheit, und wenn man der Straße von Lembang Richtung Cikampek weiter folgte, schloss sich an die Kiefernwälder auf der Höhe des Zugangstors zum Tangkuban Perahu eine weite Hügellandschaft mit Plantagen an, bestanden mit hüfthohen kleinen grünen Teesträuchern, deren Blätter von Hand gepflückt werden mussten. Weiter entlang der Straße, in Ciater, befand sich ein Schwimmbad, das sich aus den heißen vulkanischen Quellen speiste, und wo man in großen rechteckigen Becken in jadegrünem warmen Wasser baden konnte.

Zwischen Lembang und der Auffahrt zum Tangkuban Perahu lag idyllisch im Hochland unser Wochenendhäuschen, das meine Eltern in den 1970ern hatten bauen lassen. Das Haus war bescheiden aber gemütlich, bestehend aus einer einfachen Holzkonstruktion, die ein großes Schlafzimmer und einen Vorraum nebst Toilette umfasste. Geduscht wurde in der Hocke mit einem Schöpfer aus einem Eimer. In der Anfangszeit wurde mit Campinggaskochern gekocht, später, Anfang der 1980er, ließen meine Eltern ein großes Wohnzimmer und eine Küche anbauen, für die bald ein Tischofen gekauft wurde. Der Anbau hatte keine Fenster, sondern mit Blech beschlagene Spanplatten in den Fensteröffnungen, die man hochklappen konnte, und durch die man abends die Scheinwerferstrahlen der Autos sehen konnte, die in der Ferne auf der Straße nach Jakarta oder Bandung unterwegs waren. Auf einer Seite des Grundstücks hatten meine Eltern Kiefern pflanzen lassen, und 1985 oder 1986 feierten wir sogar Weihnachten in dem Wochenendhaus, wobei eine der Kiefern als Weihnachtsbaum Verwendung fand und meine Mutter in dem Tischofen einen knusprigen Putenbraten zubereitete. Das Dach des Wochenendhauses war aus Wellblech, so dass man sich bei Regen im Haus nicht wirklich unterhalten konnte, und die Straße, die dort hin führte, war nicht geteert und ganz buckelig und ausgefahren. Sie führte durch einen sundanesischen Kampung und man musste aufpassen, dass man keines der freilaufenden Hühner oder auch Hunde und Katzen überfuhr. Unsere direkten Nachbarn waren Fuhrunternehmer mit einer unüberschaubaren Zahl von Kindern, und die mit deren Großeltern und Onkel und Tanten alle gemeinsam unter einem Dach wohnten. Ihr Fahrgeschäft nahmen sie mit ein paar alten Oplets wahr, umgebauten alten Chevrolets aus den 1950er Jahren, deren Ladefläche mit blechbeschlagenem Holz überdacht worden war, und die mit Ölfarbe gestrichen waren. Links und rechts über den Radkästen gab es zwei Bänke, fertig war das Sammeltaxi. Die ersten Oplets waren in den 1930er Jahren Fahrzeuge der Marke Opel gewesen, daher kam der Name.

Hinter unserem Wochenendhaus lag der Ziehbrunnen, und das Grundstück selbst war bestanden mit Tomatensträuchern, die meine Eltern um der guten Beziehung zur Dorfgemeinschaft willen einem Bauern erlaubten anzupflanzen. Umstanden war das Grundstück von einer Hibiskushecke, deren rote Blüten man abzupfen und den süßen Nektar heraussaugen konnte. Paul und ich verlebten dort in unserem Wochenendhaus eine herrliche Zeit, die nähere Umgebung mit ihren Feldern, Trampelpfaden, Bambushainen und kleinen Bächen war der reinste Abenteuerspielplatz. Das Märchen der Kuntil Anak Hexe kannten wir damals noch nicht. Diese Hexe, so die Mär, wohnte in Bambushainen und hatte am Rücken ein offenes Loch, aus dem es nach Verwesung roch. Des nächtens kam Kuntil Anak aus ihrer Wohnstätte heraus und suchte die umliegenden Dörfer heim, um kleine Kinder und Säuglinge zu verschleppen und zu verspeisen. Der Ursprung dieser Sage lag wohl darin begründet, dass die kleinen Härchen von Bambusblättern innere Blutungen verursachten, und deswegen oft kleine Tiere in Bambushainen verendeten. Daher lag dort häufig ein Verwesungsgeruch in der Luft. Auch erklärte die Sage die hohe Kindersterblichkeit in ländlichen Gebieten. Über längere Zeit mit Lebensmitteln aufgenommen, konnten diese Bambushärchen auch einen erwachsenen Menschen umbringen, so dass sie ein probates Mordinstrument darstellten. Aufgrund dieser weniger sympathischen Eigenschaften von Bambusblättern wurden sie mitunter auch mit schwarzer Magie in Verbindung gebracht.

Strandleben in Pangandaran

Drei oder viermal während unserer Zeit in Bandung unternahmen wir Ausflüge in das Küstendorf Pangandaran, das südöstlich von Bandung lag und über Tasikmalaya in etwa fünf bis sechs Stunden Autofahrt über damals noch nicht allzu gut ausgebaute Landstraßen zu erreichen war. Pangandaran war einer der wenigen Orte an der Südküste Javas, an denen man sicher im Meer baden konnte, denn an den meisten anderen Orten am Indischen Ozean herrschte eine tückische Unterströmung vor, die Schwimmer, die sich zu sehr vom Ufer entfernten, auf Nimmerwiedersehen in den weiten Ozean hinauszog. Man sagte, die Göttin der Südsee, Nyai Loro Kidul, bevorzuge junge Männer in grünem Badegewand. Sie galt als eine der mystischen Gattinen des Sultans von Yogyakarta und ihr Aufenthaltsort befand sich am südlichen Ende der Achse, die über den Merapi Vulkan und den Kraton von Yogyakarta, den Sultanspalast, in den Indischen Ozean verlief. Nyai Loro Kidul galt als die Beschützerin des islamischen Mataram-Reiches, aus dem die beiden Fürstentümer von Surakarta und Yogyakarta entstanden sind. Auf dem Merapi befand sich dem Volksglauben zufolge ein unsichtbares Königreich, dessen Herrscher die Bevölkerung um den Vulkan schützte, dem im Gegenzug aber auch regelmäßig geopfert werden musste. Die Sage von Nyai Loro Kidul hingegen ging auf ein sundanesisches Märchen zurück, in dem Prinzessin Dewi Kadita eine wichtige Rolle spielte, die hübsche Tochter des Fürsten des hinduistischen Reichs von Pajajaran. Dessen Zentrum soll südlich vom heutigen Bogor gelegen haben. Die Prinzessin wurde Opfer eines Fluchs, mit dem sie eine eifersüchtige Rivalin am Hof des Fürsten belegt hatte, und bekam eine schwere, entstellende Hautkrankheit. Verzweifelt stürzte sie sich in die salzigen Fluten der Südsee und erfuhr dort Heilung, so dass ihre Schönheit wieder hergestellt wurde. Die Geister und Dämonen der Südsee aber krönten sie zu ihrer Königin. Es wurde davon ausgegangen, dass das historische Vorbild der Protagonistin des Märchens an Lepra erkrankte, da Nyai Loro Kiduls Unterkörper auch häufig als der eines Nagas, einer mythischen Drachenschlange, dargestellt wurde. Das Schuppenkleid der Nagas wurde als Hinweis auf die Entstellung der Haut der Prinzessin durch Lepra interpretiert.

Pangandaran war Anfang der 1980er noch ein verschlafenes kleines Fischernest mit einem palmenbestandenen Strandweg, an dem sich ein paar Losmens und zwei oder drei Fischrestaurants aneinanderreihten. Hinzu kamen einige kleine Läden, deren Auslage jedem Ökoaktivisten den Magen umgedreht hätte, denn hier gab es getrocknete Kugelfische, Muscheln in allen Größen, Korallenbruchstücke und leider auch ausgestopfte Meeresschildkröten zu kaufen. Von den Restaurants wurde eines von einem Chinesen betrieben, verfügte über eine weißgestrichene Bambusbalustrade und nach oben aufklappbare Spanplatten als Fensteröffnungen, die offen standen und die erfrischende Meeresbrise hereinließen, solange das Restaurant geöffnet hatte. Hier kehrten wir öfter ein, um fangfrischen Fisch, Schrimps und Krabben in allen Variationen zu verzehren. Strom gab es damals in Pangandaran noch nicht, so dass abends allen Ortens Petromaxlampen mit Glühstrumpf angezündet wurden. In der Nähe des Dorfes gab es auch einen kleinen Nationalpark auf einer Halbinsel, der viele Affen beherbergte, und den wir mit Auslegerbooten ansteuerten. Die Brecher, die am Strand vom Indischen Ozean hereinkamen, waren anständig kraftvoll und vielleicht zwei Meter hoch. Schnell lernte ich, entweder der Welle entgegenzuschwimmen und die Krone zu überwinden, bevor sie sich brach, oder aber mich wegzuducken, unter die brechende Welle zu tauchen und abzuwarten. Auch in die Schaumkrone der sich brechenden Welle von hinten hineinzuspringen und sie auszureiten lernte ich. Vermeiden, abtauchen und aussitzen, sowie in der Krone ausreiten, diese Schlüsselqualifikationen lernte ich in Pangandaran in der Schule von Nyai Loro Kidul, wobei letzteres das größte Geschick erforderte.

Mehr Hotels, Ausbruch des Gunung Galunggung Vulkans und Flugreisen

Ab und zu fuhren wir nach wie vor über das Wochenende nach Jakarta, wenn mein Vater geschäftlich dort zu tun hatte und ein paar Tage privat verlängerte. Wir wohnten dann aber nicht mehr im Hotel Indonesia, sondern meistens im Hotel Mandarin neben der deutschen Botschaft. Dort in der Konditorei gab es den besten Schokoladenkuchen weit und breit, mit einer dicken Couverture aus Kakaomasse und mindestens zwei Schichten mit Marillenmarmelade. Das Hotel hatte zwar nur ein kleines Schwimmbecken auf dem Dach des Vorbaus, aber dafür waren die Zimmer größer als in vergleichbaren Häusern, und man hatte einen herrlichen Blick auf den *Bunderan HI* mit seinem Willkommensdenkmal, bestehend aus zwei Statuen auf einer Säule („Hänsel und Gretel") im kreisrunden Brunnen, den der Verkehr umfloss. Altersschwache Stadtbusse US-amerikanischer Herstellung aus den 1950ern, japanische Autos und Kleinbusse sowie die quitschgelben President-Taxis bestimmten das Verkehrsgeschehen, das zwar schon lebhaft war, aber bei weitem noch nicht so vom Stau geprägt war wie heutzutage, wo man auf der Jalan Jenderal Sudirman stundenlang von Menteng nach Kebayoran braucht und genug Zeit hat, die Finessen der Brückenkonstruktion des Semanggi-Kleeblatts zu bewundern und sie mit dem Fernglas aus dem Auto heraus auf Haarrisse zu untersuchen. Menteng war das bessere Stadtviertel höherer niederländischer Verwaltungsangestellter gewesen, bevor noch vor den Toren des damaligen Batavia der Stadtteil Kebayoran gegründet wurde, dessen geplante konzentrische Straßenzüge wie ein Ei im Stadtplan von Jakarta lagen. Den Weg von Bandung nach Jakarta legten wir häufig in unserem Toyota Corona zurück, über die kurvige Strecke durch die Kalkberge gleich kurz nach Bandung, und weiter über den Puncak-Pass mit seinem Rindu Alam Restaurant, wo eine hervorragende Ochsenschwanzsuppe serviert wurde. Ab und zu kehrten wir hier zum Mittagessen ein und setzten dann die Fahrt fort, ab Ciawi auf der damals noch nagelneuen Autobahn. In der Gegend der Gunung Kapur, der Kalkberge, waren Häuser und Vegetation immer mit weißlichem Kalkstaub bedeckt, und an der Straße befanden sich große Brennöfen, in denen der Kalkstein gebrannt wurde. Alte LKWs britischer Herstellung aus dem zweiten Weltkrieg schafften die riesigen Kalksteinblöcke aus dem umliegenden Gebirge heran. Mein Vater, der ab und zu einen sportlichen Fahrstil pflegte, kehrte eines Tages von einer Dienstreise mit dem Toyota Corona nach Jakarta mit einer vollkommen eingedrückten Hintertür zurück. Es hatte geregnet, und er war wohl in den Kalkbergen etwas zu schnell unterwegs gewesen, so dass er auf der lateritverschmierten kurvenreichen Straße ins Schleudern und auf die Gegenspur geriet, wo er mit einem entgegenkommenden Fahrzeug zusammenprallte. Doch das Glück war auf seiner Seite, und außer einem gepflegten Schrecken trug er selbst keinen Schaden davon. So etwas wie ein funktionierendes Rettungswesen gab es damals noch nicht, so dass man gut daran tat, vorsichtig zu fahren. Zum einen, um nicht selbst in Gefahr zu geraten, zum anderen, um nicht andere Verkehrteilnehmer wie Ochsenkarren, Oplets, *Becaks* und Fußgänger zu Schaden kommen zu lassen, denn in Indonesien ist man als Ausländer automatisch wohlhabend und somit im Fall der Fälle schuldig, so dass man im ungünstigsten Fall für den längeren Ausfall des Ernährers einer ganzen Familie geradestehen musste.

1982 brach der in der Nähe von Tasikmalaya gelegene *Gunung* Galunggung Vulkan mehrmals aus, und die Aschewolke, die er bis zu einer Höhe von 24 Kilometern empor schleuderte, verdunkelte den Himmel dermaßen, dass die Sonne in Bandung tagelang nicht zum Vorschein kam und alles in ein gelbstichiges, surreales düsteres Licht getaucht war. Vulkanasche lagerte sich überall auf den Straßen, Häusern und Autos ab, und die Menschen schützten ihre Atemwege mit Taschentüchern vor Mund und Nase. Wir fuhren dann für ein paar Tage nach Jakarta, wo es nicht ganz so schlimm war wie in Bandung, das näher am Gunung Galunggung lag.

Bei einem Jumbo der British Airways, der auf dem Weg von Kuala Lumpur nach Perth in Westaustralien war, und sich im Luftraum südlich des Vulkans über dem Indischen Ozean befand, fielen aufgrund der Aschewolke alle vier Triebwerke aus. Die Maschine sackte daraufhin um mehrere tausend Meter ab und segelte eine sehr weite Strecke, bevor es dem Kapitän gelang, alle Triebwerke wieder zu starten. Eines musste jedoch wieder ausgeschaltet werden, da es nicht störungsfrei lief, so dass der Kapitän sich entschied, umzukehren und in Jakarta notzulanden. Wären die Triebwerke nicht wieder angesprungen, hätte das Flugzeug im Indischen Ozean notwassern müssen, was sehr risikoreich ist und bis heute von keiner Boeing 747 durchgeführt worden ist. Die spätere Auswertung ergab, dass die Vulkanasche von den Triebwerken angesaugt worden war, dort schmolz, diese verstopfte und zum Stillstand brachte. Nachdem die Triebwerke abgekühlt waren, erstarrte die geschmolzene Asche und löste sich wieder, so dass die Triebwerke wieder gestartet werden konnten. Die indonesischen Behörden reagierten verzögert und schlossen den Luftraum erst, nachdem auch eine Boeing 747 der Singapore Airlines in der gleichen Gegend in Schwierigkeiten geriet und drei ihrer Triebwerke ausgefallen waren.

Auch wenn wir häufig zwischen Deutschland und Indonesien im Flugzeug unterwegs waren, gab es doch fast keine bedenkliche Situation, an die ich mich erinnere, mal abgesehen von gelegentlichen Turbolenzen und dem berüchtigten „Bombay-Frühstück", das eine bestimmte Airline ihren Fluggästen ohne mit der Wimper zu zucken über mehrere Jahre hinweg mit einer nicht zu unterschätzenden Hartnäckigkeit auftischte: Rührei und zwei Bratwürstchen mit Pilzen, alles von einer sagen wir, sehr eigenwilligen Geschmacksrichtung. Nur einmal, während des ersten Golfkrieges, konnte ich linker Hand aus dem Kabinenfenster auf der Teilstrecke zwischen Frankfurt und Bombay im Persischen Golf die Blitze des Mündungsfeuers und der Einschläge der irakischen und iranischen Artillerie beobachten, die sich gegenseitig mit Granaten belegte. Da es Nacht war und das Gebiet um den Schatt-el-Arab mit Nebel eingehüllt war, sah das

Ganze von oben recht unspektakulär wie ein Gewitter am Boden aus. Die Tatsache, dass da unten gekämpft wurde und Menschen starben, drang erst später in mein Bewusstsein ein. Dieses Erlebnis war aber auch schon das gefährlichste, was mir in all den Jahren der Vielfliegerei untergekommen ist.

Die Lufthansa bediente die Strecke Frankfurt – Jakarta über Bombay, dem heutigen Mumbai, und Singapur mit dreistrahligen McDonnell Douglas DC–10 Maschinen, später, gegen Ende der 1980er Jahre dann mit 747-Maschinen von Boeing, nunmehr ohne Zwischenstopp in Bombay. Der damalige Flughafen von Bombay glich eher einer modernen Karawanserei denn einem Luftverkehrsdrehkreuz: Beleibte, in bunte Saris gekleidete Frauen bewachten vor den Flugsteigen Berge von Handgepäck und prall gefüllten farbigen Plastiktüten, zwischen denen Kinder herumflitzten, während vereinzelt Männer Turbane trugen und palaverten oder sich an einer Zeitung gütlich taten. In der Luft hing allen Ortens der Geruch von Räucherstäbchen, während aus den Geschäften indische Popmusik drang, die das mit geschäftig wuselnden Menschen gefüllte, teils mit Aluminiumverblendungen ausgekleidete Flughafengebäude berieselte. Unverständliche Lautsprecherdurchsagen in Hindi und Englisch schließlich rundeten das Bild ab. Bei einem der vielen Zwischenstopps, die wir in Bombay meist mitten in der Nacht einlegten, blieb ich aus irgendeinem Grund, wahrscheinlich Ablenkung und Übermüdung, hinter meinen Eltern und meinem Bruder zurück. Von hinten näherte ich mich einem Mann, der eine schwarze Lederjacke ähnlich der meines Vaters trug, und nahm munter darauf los plappernd dessen Hand. Rasch erkannte ich meinen Irrtum und glücklicherweise fand ich meine Familie bald darauf wieder. Für eine kurze Zeit hatte ich das äußerst unangenehme Gefühl gehabt, mich komplett verloren in Raum und Zeit an einem fremden Ort weit weg von zu Hause zu befinden. Ohne Handy ist eine solche Situation eine echte Herausforderung, und man hätte mich ausrufen lassen müssen, wobei ich damals noch kein Englisch sprach.

In Singapur konnte man am Flughafen schon damals billig japanische Unterhaltungselektronik einkaufen, und auch heutzutage noch kann man sich am Flughafen die Mehrwertsteuer von in Singapur erworbenen Waren zurückerstatten lassen. Highlight eines jeden Fluges war für uns Kinder immer der Besuch im Cockpit, in dem damals neben dem Piloten und dem Copiloten noch der Navigator saß. Der Kapitän unterzeichnete dann auch immer bereitwillig das Lufthansa-Junior-Logbuch, das wir führten, und trug Achtung gebietende Kommentare wie: „Turbolenzen kurz vor Madras" oder „Wetterleuchten über der Andamanen-See" ein. Wenn man eine bestimmte Anzahl von Flugmeilen gesammelt hatte, gab es dann von der Lufthansa ein kleines Präsent, und da wir jedes Jahr mindestens einmal nach Deutschland und zurück flogen und Frankfurt und Jakarta sehr weit auseinander liegen, erhielten wir ab und zu solche Geschenke, meist irgendwelches Spielzeug. Die Lufthansa versorgte auch das örtliche Oktoberfest in Jakarta mit frischen Weißwürsten, wie auch meinen Vater mit dem heißgeliebten „Spiegel", den er immer mit einer Woche Verzögerung erhielt, denn die indonesische Zensurbehörde musste ja auch noch einen Blick in das Magazin werfen. Manchmal, aber sehr selten, erhielten wir den „Spiegel" dann mit Seiten, auf denen allzu freizügige Darstellungen von Frauen geschwärzt waren. Deutsch verstanden die Zensoren aber offenbar nicht, denn an mindestens einen kritischen Artikel über den damaligen Präsidenten Indonesiens, Suharto, erinnere ich mich, der nicht geschwärzt worden war und in voller Länge lesbar. Das Anwesen des Präsidenten lag übrigens in Menteng, in der Jalan Cendana.

Umzug nach Jakarta

Nachdem wir drei Jahre in Bandung gelebt hatten, zogen wir nach Jakarta um, wo die Firma Siemens ein Büro für das digitale Telekommunikationsprojekt eröffnete, dessen verschiedene Phasen aus Darlehen der Kreditanstalt für Wiederaufbau an Indonesien finanziert wurden. Wir zogen in die Jalan Percetakan Negara IVa, noch in Jakarta-Mitte, in der Nähe von der Staatsdruckerei und direkt beim Salemba-Gefängnis. Auf die ab und zu gestellte Frage, ob es denn sicher wäre, so nahe bei einem Gefängnis zu wohnen, gab ich meist die Antwort, dass Ausbrecher ja wohl danach trachteten, so schnell wie möglich so weit weg wie möglich zu kommen, und deshalb nach einem Ausbruch nicht in der Nähe des Gefängnisses blieben. Dieser Logik vermochte sich niemand so recht entziehen, und wenn auch tatsächlich vereinzelt Häftlinge entkamen, so suchte doch nie jemand bei uns Unterschlupf, und wir lebten sicher wie in Abrahams Schoß. Das Haus war etwas größer als das in Bandung, mit einer Natursteinterrasse und einem von hohen Mauern umgebenen hinteren Garten, in den mein Vater ein kleines rundes Schwimmbad baute, das er als Bausatz von Quelle aus Deutschland importieren lassen hatte. Nachdem er eigenhändig die Einfassung für das Becken gemauert hatte, konnte die Blechwand ausgerollt, die Gummiverschalung in das Becken gestülpt, und die Pumpe angeschlossen werden, fertig war der Badespaß!

Die Straße, in der unser Haus lag, war mehr oder weniger eine Sackgasse, denn sie mündete in einen Kampung, wo kein Auto mehr durchkam. Auf der Straße war also bis auf den Anwohnerverkehr wenig los, so dass wir mit den Nachbarskindern dort spielen und Fahrradfahren durften. Fahrradfahren hatte ich in Deutschland gelernt, bevor wir 1980 nach Indonesien zurückkehrten, und zwar auf einem Kinderfahrrad ohne Mittelstange. In Bandung hatte ich zu Weihnachten ein blaues chinesisches Rennrad geschenkt bekommen, und mit der Zeit wurde ich sicherer, so dass ich in Jakarta bereits freihändig fahren konnte. Nur das Festhalten mit beiden Händen an der Mittelstange in voller Fahrt gab ich sehr schnell wieder auf, da dies abruptes Querstellen des Vorderrades zur Folge hatte, so dass ich selber sehr zum Gaudium der umstehenden Jungs hart den Asphalt traf. So erzielte ich unter Schmerzen einen Lernerfolg, also einen Fortschritt. Seitdem fuhr ich vorsichtiger und ließ mich auch nicht durch die Fahrradkunststücke der anderen Jungs aus der Reserve locken. Unter den indonesischen Jungs gab es natürlich einen Anführer, mit dem ich mich auch schnell anfreundete. Aus irgendeinem Anlass, ich weiß nicht mehr weshalb, trat er mich aber eines Tages so vom Rad, dass ich eine offene Wunde am Knie davontrug. Die Folge war, dass meine Mutter mir verbot, weiter auf der Straße zu spielen. So schnell gab die Clique aber nicht auf, und irgendwann standen die Jungs bei uns im Wohnzimmer: Sie waren durch die Öffnung der Abfallsammelstelle des Hauses auf das Grundstück gelangt, und unsere Hausangestellten hatten sie durch ihren Wohnbereich und durch die Küche gelassen. Seitdem war der Ofen absolut aus und ich erhielt von meiner Mutter endgültig Umgangsverbot mit den Jungs von der Straße.

Mein Vater verfolgte, was die zur Straße sichtbare Seite unseres Hauses betraf, eine Politik des Understatements: Der Garten war zwar gepflegt, aber von der Blende des Daches bröckelte der Putz und die Gartenmauer war von außen mit Graffiti beschmiert. Auch war das Viertel, in dem wir lebten, keine spezielle Europäergegend. Alles in allem hat sich das für uns ausgezahlt, und in den sieben Jahren die wir in Jakarta lebten, wurden wir nie angefeindet, und auch ist nie bei uns eingebrochen worden. In Lembang schon, wenn auch erst nachdem wir 1990 nach Deutschland zurückgekehrt waren, so dass meine Eltern das Wochenendhaus schlussendlich verkauften.

In Jakarta hatten wir uns eingerichtet in ein Leben, dessen Fixsterne die Schule und der Sportklub waren. Restaurantbesuche standen am Wochenende auf der Tagesordnung, meist in das chinesisch geführte Rendezvous in Menteng. Hier gab es Gerichte wie *Bakmi Bakso*, natürlich *Nasi Goreng* und *Bakmi Goreng*, gebratenen Tintenfisch in Austernsauce, *Babi Kecap*, *Cap Cai*, gebratenes Hähnchen in Buttersauce, *Kailan*, diverse Fischgerichte sowie das nicht zu überbietende Es Teler, Schabeis mit Nangka, Avocado, Erdbeersirup und süßer Kondensmilch, auf der Speisekarte. Alles garantiert frisch zubereitet, denn in all den Jahren, in denen wir dort einkehrten, haben wir uns gesundheitlich nie etwas eingefangen. Die Preise waren moderat, das Ambiente rustikal: Ein großer Raum, in dem sich links und rechts Tische mit Klappstühlen verteilten und sich an der der Eingangstür gegenüberliegenden Seite eine verglaste Theke befand, hinter der der große Kessel für die Nudeln und die altertümliche gusseiserne Eisschabmaschine standen. In den Anfangsjahren besuchten wir auch regelmäßig das Jun Njan Seafood Restaurant in der Nähe der Jalan Gajah Mada. Hier gingen wir häufig mit Arbeitskollegen meines Vaters zum Abendessen, und es gab Krebse in Austernsauce, mit Gemüse gekochten oder gebratenen Tintenfisch, gekochte Schrimps in Hülle und Fülle, die man in salzige Sojasauce oder *Sambal* tunkte, und natürlich Fisch, gedünstet, gebacken, gebraten, gerne auch in süß-saurer Sauce. Hier stand das karge Ambiente ebenfalls im Widerspruch zum Wohlgeschmack der servierten Gerichte: Der hallenartige Speisesaal war groß, und in ihm standen vielleicht 20 runde Tische mit weißem Kunststofffurnier und einer kleinen drehbaren Fläche für die Speisen in der Mitte. Klappstühle schließlich komplettierten auch hier die Inneneinrichtung, während draußen vor dem Eingang die Aquarien mit den Fischen standen, die man aussuchen konnte. Frischer ging's nicht.

Die Javareise: Dieng, Solo und der Bromo Vulkan

1984 oder 1985 unternahmen wir von Jakarta aus eine große Javareise. Unterdessen war ein Holden Camira an die Stelle des Toyota Corona getreten. Dieser Holden war ein missgünstiges Stück von einem Gefährt. Gleich bei unserer ersten Station, in Bandung, schlugen Autoknacker die kleine dreieckige Scheibe an der Hintertür ein, um den Inhalt des Gott sei Dank weitgehend leeren Fahrzeugs einer genaueren Prüfung auf Verwendbarkeit zu unterziehen. Gut, man mag sagen, dafür kann das Auto nichts, aber schon zuvor, als der Wagen noch brandneu war, wollte mein Vater sich an dem Deckenhandgriff des Beifahrersitzes hochziehen und hielt plötzlich den Griff in der Hand, der sich vollkommen unprätentiös vom Autohimmel gelöst hatte. Schließlich sollte der Wagen auf offener Strecke in Mitteljava liegenbleiben, so dass mein Vater meine Mutter, Paul und mich in einen Überlandbus nach Yogyakarta setzte, kurzerhand einen LKW mit offener Ladefläche mietete, das Fahrzeug darauf verfrachtete und samt Chauffeur Timin nach Jakarta schickte, danach selbst einen Bus nahm, und irgendwann spätnachmittags in einer Becak am Ambarrukmo Palace Hotel in Yogya vorgefahren kam.

Auf dieser traumhaften Reise erkundeten wir auch von Wonosobo aus das Dieng Plateau, Herzland des agrarisch geprägten hinduistisch-buddhistischen Reiches von Mataram und Kulisse für einige der ältesten hinduistischen Tempel Javas. Der Name Dieng soll sich von der Kawi-Bezeichnung Di-Hyang, Sitz der Götter, ableiten. Kawi ist die auf dem Altjavanischen basierende Literatursprache Javas, Balis und Lomboks. Das Plateau lag auf etwa 2.000 Metern und stellte die sumpfige Caldera eines vor langer Zeit ausgebrochenen Vulkans dar, dessen Magmadom nach dem Ausbruch in sich zusammengefallen war. Das höchstgelegene Dorf Javas, Sembungan, liegt auf dem Dieng Plateau in etwa 2.300 Metern Höhe. Aufgrund der Höhenlage des Plateaus war es tagsüber nicht zu heiß, und nachts konnte es empfindlich kalt werden.

Auf ausgedehnten Wanderungen besichtigten wir die Tempel und verschiedenfarbige Seen vulkanischen Ursprungs, sowie kleine, dampfende Schlote mit ihren gelben, stark riechenden Schwefelausblühungen. Die Tempel stammten samt und sonders aus dem 8. bis 12. Jahrhundert und waren der hinduistischen Gottheit Schiwa geweiht. Man ging davon aus, das hier eine blühende Tempelstadt der Hindupriester bestanden hatte, bevor es zu einer mysteriösen Entvölkerung der Gegend kam, so dass die Menschen, die um 1830 herum das Dieng Plateau wiederbesiedelten, nur noch auf niedergebrannte und überwachsene Überreste der Stadt trafen. 400 Tempel soll es damals noch gegeben haben, die aber nach und nach zumeist zerstört wurden und als Steinbruch für Baumaterial genutzt wurden (Vgl. Cummings et al. 1992, S.237). So bestanden letztlich noch acht schlichte, kompakt und kastenförmig gebaute Tempel. Die Quelle des Serayu Flüsschens soll die Quelle der Jugend gewesen sein und war früher heilig. Auch lag an einem der Seen eine Höhle, in der einst auch der ehemalige Präsident Suharto meditiert haben soll. An den umgebenden, bis zu knapp 2.600 Meter hohen Berghängen wurde Gemüse angebaut, darunter auch kleine Kartoffeln, die in der Schale gekocht mit etwas Salz ganz vorzüglich schmeckten.

In Wonosobo übernachteten wir im Gästehaus der staatlichen Eisenbahngesellschaft PJKA, einer alten holländischen Villa mit einem riesigen baumbestandenen, parkähnlichen Garten. Wenn auch das *Mandi* dunkel und muffig war, gab es doch Waschbecken und ein Sitzklo, und das Haus war schön mit schweren geschnitzten Möbeln ausgestattet, hatte eine hohe Decke und hohe Fenster mit Fensterläden, deren Lamellen bei offenem Fenster bereitwillig die kühlende Brise hereinließen.

Ein weiteres Ziel jener Reise war das Eisenbahnmuseum von Ambarawa in der Nähe des Dieng Plateaus. Hier standen etliche alte Dampfloks aus der Zeit von 1891 bis 1928 im gleißenden Sonnenlicht, darunter eine Zahnradlok. Bei den meisten Loks handelte es sich um in den Niederlanden montierte deutsche Fabrikate. Der Bahnhof selbst war Ende des 19. Jahrhunderts erbaut worden, und die vier oder fünf Gleise wurden von einer hohen, silbern gestrichenen offenen Metallkonstruktion mit einem Giebeldach aus Wellblech überspannt. Ambarawa war einst bis 1977 ein wichtiger Eisenbahnknotenpunkt gewesen, über den eine Zahnradbahn die zentrale Gebirgskette Javas durchquerte. Danach wurde die Strecke aufgegeben.

Auch die alte Residenzstadt Surakarta, oder Solo, wie sie allgemein genannt wurde, besuchten wir. Hier durchstreiften wir den Antiquitätenmarkt, was spannend war, und auf dem Schnitzereien, alte Möbel, Spiegel, Münzen aus niederländischer Zeit, chinesische Vasen und Porzellan, sowie auch japanische Bajonette aus dem zweiten Weltkrieg feilgeboten wurden, von denen ich eines erstand. Die Stadt erinnerte etwas an Yogyakarta, war aber touristisch nicht so erschlossen, es gab weniger Hotels und der Kraton, also Herrscherpalast, war etwas vernachlässigter.

Solo gehörte zur Provinz Zentraljava, während Yogyakarta ein eigenes Sonderverwaltungsgebiet mit dem amtierenden Sultan als Gouverneur war. Dieser Unterschied lag historisch darin begründet, dass der damalige *Susuhunan* von Solo im Unabhängigkeitskrieg auf Seiten der Niederländer gestanden hatte, während der Sultan von Yogyakarta die nach Unabhängigkeit strebenden republikanisch-indonesischen Kräfte unterstützt hatte. Yogyakarta war sogar kurz Regierungssitz während der Kämpfe, und die Anerkennung der Unabhängigkeit wurde 1949 zwar in Jakarta im *Istana Merdeka* unterzeichnet, dies jedoch seitens Indonesiens durch den Sultan von Yogyakarta, Hamengku Buwono IX.

In Solo wurde 1911 die Sarekat Islam (Islamische Union) gegründet, zunächst als Händlervereinigung, die sich gegen jegliche Besteuerung durch Christen und gegen den wachsenden Konkurrenzdruck durch chinesische Unternehmer im Batikhandel aussprach, und auch Boykotte chinesischer Geschäfte organisierte (Vgl. Wertz 2009, S.126). Weitere Punkte auf der politischen Agenda waren Proteste gegen Zwangsarbeit und gegen Ausbeutung durch den eigenen Adel. Der Führer des Sarekat

Islam war Raden Umar Said Tjokroaminoto, ein Absolvent der Schule für einheimische Verwaltungsbeamte, in dessen Haus auch der spätere erste Präsident Indonesiens, Sukarno, 1916 wohnte (Vgl. Geertz 1991, S.123). Tjokroaminoto profitierte davon, dass ihn seine Anhängerschaft mit der mythischen javanischen Messiasgestalt des *Ratu Adil* identifizierte, und innerhalb von zwei Jahren wuchs die Zahl der Mitglieder des Sarekat Islam auf 366.000. Der Sarekat Islam forderte noch nicht die Unabhängigkeit, sondern die Selbstregierung eines Indonesiens, das föderal mit den Niederlanden verbunden war. Und doch wirkte der Sarekat Islam integrierend für die nationalistische Bewegung Indonesiens, so dass aus seinem Umfeld heraus eine moderne Unabhängigkeitsbewegung entstand (Vgl. Dahm 1999, S.183). Für den dann jedoch einsetzenden Niedergang des Sarekat Islam wurden zwei Gründe angeführt: Zum einen konnte Tjokroaminoto nicht die hohen Erwartungen derer erfüllen, die in ihm den Heilsbringer gesehen hatten. Zum anderen hatten niederländische Sozialisten versucht, den Sarekat Islam in eine sozialistische Bewegung umzuwandeln, ein Unterfangen, das die Vereinigung in einen linken und einen rechten Flügel aufspaltete. Während sich der rechte Flügel rein islamischen Themen zuwandte, entstand aus dem linken Flügel 1920 die kommunistische Partei Indonesiens. Die niederländische Kolonialmacht, die zuvor noch die Befürchtung gehegt hatte, dass radikale Sarekat Islam-Anhänger im ganzen Land religiöse Unruhen entfachen könnten, konnte sich so ganz der kommunistischen Partei widmen, und diese 1926/27 in einen überhasteten Versuch treiben, eine Revolution der

Arbeiter- und Bauernschaft zu initiieren. Somit hatten die Niederländer nun zwar einen willkommenen Anlass, die kommunistische Partei zu verbieten, doch sollte die erste nationalistische Vereinigung Indonesiens unter Sukarno noch 1927 gegründet werden, zu dessen geistigen Vätern Tjokroaminoto gehörte (Vgl. Ebenda, S.183). Diese *Perserikatan* Nasional Indonesia trat offen für die Unabhängigkeit des Landes ein, der Geist war aus der Flasche entwichen. Ein Jahr später benannte sich die Vereinigung in Partai Nasional Indonesia um. Die Stadt Solo hatte also auf der politischen Landkarte Indonesiens eine ganz eigene Position: Erst als Vorreiter und Wegbereiter der Unabhängigkeitsbewegung, später im Freiheitskampf der republikanischen Rebellen als Unterstützer der alten zerfallenden kolonialen Ordnung. Wahrer Fortschritt wurde nur unter Opfern und Schmerzen geboren, so dass aus dieser Perspektive betrachtet schon viel gewonnen war, wenn das Bestehende bewahrt werden konnte. Wie viel schwieriger war es erst, etwas Neues dauerhaft aufzubauen, das nicht gleich wieder in sich zusammenbrach. In Indonesien wurde das Alte unter Opfern durch das Neue abgelöst: Eine der letzten alten unabhängigen indonesisch-hinduistischen Vorstellungswelten war erst 1906 mit dem Fürstentum Badung in Bali untergegangen, als der Fürst mit seinem Hofstaat in Denpasar im Angesicht der Übermacht der niederländischen Kolonialtruppen den Massenselbstmord gewählt hatte. Nur fünf Jahre später entstand der Sarekat Islam, der sich erstmals mit so etwas wie einer Eigenständigkeit Indonesiens befasste. Die Niederländer waren erst überlegen, und unterlagen dann doch.

In der Nähe von Solo besichtigten wir auch den hinduistischen Sukuh Tempel, der an den Hängen des Vulkans Lawu auf etwa 900 Metern Höhe in isolierter Lage lag, und der sich von den meisten javanischen Tempeln insofern abhob, als dass er vom Aussehen mehr den stumpfen Steinpyramiden aus der Maya-Zeit in Zentralamerika glich. Auch die auf den Reliefs dargestellten Figuren waren vergleichsweise grob im Stil des eigentlich in Ostjava beheimateten *Wayang kulit*-Stils herausgearbeitet, und wirkten verzerrt. Über die Herkunft der Erbauer dieses auf Java so aus dem Rahmen fallenden Bauwerks wusste man nichts, und es schien eine Phase der Rückbesinnung auf den prähinduistischen Animismus zu repräsentieren (Vgl. Cummings et al. 1992, S.251). Ein großer Lingam, also Phallus, und ein in den Boden des Eingangstors zum Tempel gemeißelter Steinpenis, der in eine ebensolche Vagina eindrang, legten nahe, dass hier einem Fruchtbarkeitskult gehuldigt worden sein musste, und drei große Steinschildkröten mit abgeflachtem Panzer könnten die Funktion von Opferaltären gehabt haben. Der Sukuh Tempel war erst relativ spät errichtet worden, um 1437, womit er einer der jüngsten Tempel der Region war. Er entstand in einer Zeit, als das den Archipel lange dominierende hinduistische Majapahit-Reich bereits im Niedergang begriffen war, und sich der Islam auf Java ausbreitete.

Bevor jener vermaledeite Holden Camira auf einer Überlandstraße in Zentraljava seinen Geist aufgeben sollte, hatte uns jene Reise schon bis Surabaya geführt, wo wir im Hotel Miramar zwei Nächte verbrachten. Das Hotel hatte einen Musikvideokanal, was ich damals ziemlich herausragend fand, zumal auch „Tonight She Comes" von der New Wave-Band The Cars gespielt wurde. The Cars waren ihrer Zeit, also Anfang der 1980er Jahre, eine Größe der Populärmusik und verstanden es, einen melodiösen minimalistischen Rock zu spielen, der mit dem Keyboard pointiert unterstrichen wurde, vervollständigt durch ein gering hallendes, treibendes Schlagzeug, sowie von im Aufbau der Lieder solitären, prägnanten Abfolgen von Gitarrenriffs und –soli. Entschlackt und nicht überfrachtet und -laden wie der sogenannte progressive Rock der 1970er à la Emerson, Lake and Palmer, sondern befreiend geradeaus und auf das Wesentliche reduziert.

Doch viel Zeit zum Fernsehen blieb uns sowieso nicht, da wir uns vorgenommen hatten, den Sonnenaufgang am Bromo Vulkan zu erleben. Also standen wir nach sehr kurzem Schlaf mitten in der Nacht auf, um den japanischen Kleinbus eines lokalen Reiseunternehmens zu besteigen und drei Stunden über menschenleere ostjavanische Landstraßen nach Ngadisari zu fahren, wo wir auf kleine Pferdchen umsattelten. Nach einer Stärkung in einem Gasthaus ging es dann in Richtung des Vulkans, zunächst noch auf einem Weg mit normaler Vegetation ringsum, und im Morgengrauen erreichten wir die vulkanische Hochebene, die einst die Caldera des Tengger Vulkans gebildet hatte. Sie war weitgehend vegetationslos und wirkte mit ihrem schwarzsandigen Boden im fahlen Licht des sich ankündigenden Tages wie eine Mondlandschaft, aus der sich der gefurchte, kahle und stumpfe Kegel des Batok Vulkans neben dem Bromo erhob. Der Sonnenaufgang belohnte dann das frühe Aufstehen, und vom relativ schmalen Kraterrand des Bromo, den wir über eine Treppe erklommen hatten, ging es zu beiden Seiten steil abwärts. Von oben blickten wir auf die in Nebel gehüllte Hochebene, während die Sonne im Osten über dem Horizont auftauchte und ihre glutroten Strahlen in den neuen Tag aussandte.

In der Umgebung des Bromo (javanisch für Brahma) lebten die hinduistischen Tenggeresen, die ihre Ahnenreihe bis in die Zeit des Majapahit-Reiches zurückverfolgten, und als Anhänger Brahmas zum Beten an den Vulkan kamen. Im Januar oder Februar jedes Jahr fand das Kesada Opferfest statt, bei dem Tiere, Früchte und Reis in den Krater geworfen wurden um den Bromo zu besänftigen (Vgl. Cummings et al. 1992, S.298). Die Darbietung dieser Opfergaben ging einem Volksmärchen zufolge auf eine Tochter des Majapahit-Königs Brawijaya zurück, die ausnehmend hübsche Prinzessin Roro Anteng, und ihren Mann Joko Seger, einem Nachkommen Brahmas. Die Bezeichnung Tengger setzte sich aus den beiden Endsilben der Namen der beiden zusammen, und bezeichnete das Gebiet, in das sie mit dem Teil der Bevölkerung nach Osten zogen, der den alten (hinduistischen) Glauben beibehalten wollte. Ihre neue Siedlung gründeten sie in der Nähe des heiligen Bromo, wo sie vor dem sich ausbreitendem Islam geschützt waren, und glücklich und zufrieden lebten. Mit der Zeit jedoch wünschten sich Roro Anteng und Joko Seger nichts sehnlicher als Kinder, ein Wunsch, der ihnen nicht erfüllte wurde. So zogen sie sich meditierend auf den Gipfel des Bromo zurück, um den Göttern ihr Anliegen vorzubringen (Vgl. Gratzl 2000, S.58f). Der Berg begann zu grollen und Funken zu sprühen, so dass Joko Seger glücklich zu seiner Frau sagte: „Meine Frau, es scheint, dass die Götter unser Gesuch erhören! Habt Dank, ihr hochgeachteten Götter! Mein künftiges jüngstes Kind will ich Euch opfern als Ausdruck meines Dankes!" Roro Anteng war entsetzt über die leichtfertig geäußerten Worte ihres Gatten, doch der wollte sein gegebenes Wort nicht wieder zurücknehmen. Die Jahre vergingen, und Roro Anteng gebar zehn Kinder, derer jüngstes sie Kesuma nannten. Weitere Zeit verging, und die Kinder wuchsen auf, während Roro Anteng und Joko Seger eingedenk des Versprechens immer unruhiger wurden. Eines Tages schließlich brach der Bromo aus, spuckte Feuer und Asche, und alle Bewohner von Tengger flohen, bis auf das Paar und ihre Kinder, die standhaft an ihrem Ort blieben. Die Eltern konnten nicht umhin, ihren Kindern schweren Herzens das Geheimnis des Versprechens zu enthüllen. Kesuma erklärte daraufhin seinen widerstrebenden Eltern, dass er bereit sei, sich zu opfern. In Gedenken an ihn solle nur jedes Jahr am 14. Tag des Monats Kesada Tiere und Felderträge geopfert werden. Furchtlos erklomm Kesuma den Bromo und sprang in den brodelnden Krater, worauf sich der Berg beruhigte und wieder Frieden einkehrte in Tengger.

Unsere Javareise endete dann in Yogyakarta, von wo aus wir mit dem Flugzeug nach Jakarta zurückkehrten, vermutlich in einer McDonnell Douglas DC-9 der *Garuda* mit einer Hecktreppe für den Ein- und Ausstieg. Die Garuda war zu der Zeit, also Mitte der 1980er Jahre, die einzige Fluggesellschaft im inländischen Flugverkehr Indonesiens, die Düsenflugzeuge benutzen durfte, allen anderen Airlines waren nur Turboprop-Maschinen wie etwa die Fokker Friendship F-50 gestattet. So pendelte mein Vater zwischen Jakarta und Bandung entweder mit der Garuda in Fokker F-28 Maschinen oder mit der Bouraq in Propellermaschinen des Typs Hawker Siddeley HS 748. Auslandsstrecken durfte ausschließlich die Garuda mit ihren damals noch rot-weiß lackierten Flugzeugen bedienen.

Die Deutsche Internationale Schule in Jakarta

In Jakarta wurde ich 1983 in die dritte Klasse der Deutschen Internationalen Schule in der Jalan Sam Ratulangi in Menteng eingeschult, die zur Hälfte in dem ehemaligen deutschen Botschaftsgebäude untergebracht war, und zur anderen Hälfte im direkt angrenzenden Neubau. Gleich nach den ersten Wochen erhielt ich einen Eintrag ins Klassenbuch, weil ich unserem Klassenlehrer zusammen mit einigen meiner neuen Schulfreunde Knaller hinterher geworfen hatte. Mit Persönlichkeiten, die versuchten, Autorität auszustrahlen, über die sie nicht verfügten, hatte ich so meine Schwierigkeiten. Beispielsweise geriet ich mit dem indonesischen Wachmann unserer Schule aneinander, weil meine Schulfreunde und ich ihn erstens gerne mit Kreide bewarfen. Vorzugsweise, wenn er vor dem Rolltor stand, das die Auffahrt zum Pausenhof vom Parkplatz trennte, und wir dahinter. Im zweiten Schritt dann hielten wir ihn auch sehr gerne fest und drehten so den Spieß um, wenn er den Fehler machte, und seine Hand durch das Gitter des Tors streckte, um uns zu ergreifen. Und drittens schließlich erweckten wir dann und wann hingebungsvoll die mit einer Kurbel zu betätigende Schulfeuersirene zum Leben, was den Wachmann vollends auf die Palme trieb. Wir waren ihm immer einen Schritt voraus, er konnte machen was er wollte. Aufmüpfige jüngere Schüler hingegen landeten schon mal bekleidet im Schwimmbecken oder gleich in der Abfallsammelstelle. Wir schlugen und bissen uns, auch und gerade mit älteren Schülern, dass es nur so eine Lust war, und spuckten vom Balkon des ersten Stocks dem Fußballtrainer auf die Glatze, der sich in unseren Augen durch seine systemlose Strenge desavouiert hatte. Kurzum, wir waren so richtige kleine Ekel und allzeit zu jeder Schandtat bereit. Manche Lehrer kamen mit uns überhaupt nicht klar, sie konnten schimpfen, Einträge verteilen und mit Kreide und Schlüsselbünden nach uns werfen, das imponierte uns überhaupt nicht. Unser Klassenlehrer in der siebten und achten Klasse hingegen, Herr Walter, ein Unteroffizier der Reserve, der war aus anderem Holz geschnitzt: Er forderte uns auch im Sportunterricht und betrieb ehrenamtlich in seiner Freizeit Basketballtraining mit uns. Der investierte und hatte Vertrauen in uns. Und er wurde nicht enttäuscht: Gegen gleichaltrige indonesische Teams gewannen wir aufgrund unserer körperlichen Überlegenheit immer, aber auch gegen die Japanische Schule erreichten wir immerhin ein Unentschieden, und gegen die große Jakarta International School mit ihren etwa 2.000 Schülern errangen wir sogar einen Sieg. Im Unterricht war Herr Walter bis zu einem gewissen Grad locker, aber danach biss man bei ihm auf Granit. Hart aber gerecht war er: Dadurch dass er nicht inflationär bestrafte, sondern nur punktuell und sehr gezielt, erreichte er bei uns was er wollte, und erhielt den eingeforderten Respekt. Während wir es bei anderen Lehrern darauf anlegten, aus dem Unterricht zu fliegen und dann als Held dazustehen, wusste man bei ihm immer ganz genau, weshalb man vor die Tür musste, und konnte damit auch nicht vor den Klassenkameraden, und vor allem –innen, punkten. Er war gewiss nicht fehlerfrei, aber für mich das große Vorbild als Lehrer und als Mensch.

In Jakarta besuchte ich in den ersten Jahren öfter einen Klassenkameraden von mir, einen deutsch-koreanischen Eurasier. Sein Vater arbeitete für eine deutsche politische Stiftung, und das Haus der Familie, eine alte niederländische Villa, lag in Menteng. Diese Familie hatte einen Hund, der mich bei einem meiner Besuche in die linke Wade biss. Das erwähne ich nur deshalb so ausführlich, weil das für mich einen mehrwöchigen Sermon von zig Spritzen gegen Tollwut erst in die Bauchdecke und dann in den Arm nach sich zog. Wenn ich dem wie wild kläffendem Hund nicht so unsicher gegenüber getreten wäre, hätte er mich höchstwahrscheinlich in Ruhe gelassen, und hätte ich meinen Eltern nicht von dem Biss erzählt, wäre wohl nichts passiert, denn im Nachhinein betrachtet glaube ich nicht, dass der Hund die Tollwut hatte, zumal er fürderhin fröhlich weiterlebte und vermutlich auch -kläffte. Ein klassisches Beispiel von verfehlter Informationspolitik.

Ein anderer Spielkamerad jener Zeit war Christian, wie Paul und ich ebenfalls ein Indo, mit dem ich gemeinsam in einer Fußballmannschaft der Jakarta International School spielte, er als Verteidiger, ich als Torwart. Die Fußballteams der Jakarta International School standen gegen eine Gebühr auch Schülern anderer ausländischer Schulen offen. Christian war der Sohn eines deutschen Ingenieurs und einer indonesischen Mutter. Der Vater hatte eine zeitlang am Bau des Krakatau Steel Stahlwerks in Cilegon westlich von Jakarta mitgewirkt, sich dann von seiner Frau getrennt und war weiter um die Welt gezogen. Zu seinem Vater hatte Christian keinen Kontakt mehr. Christian besaß ein Schlagzeug, auf dem er gerne und ausdauernd spielte, wenn Paul und ich da waren, was für uns ein zweifelhafter Genuss war. Seine Mutter fuhr einen alten braunen Peugeot 504, das weiß ich noch, und während eines Besuchs hieß sie Christian, Paul und mich einzusteigen und wir machten uns auf den Weg, um bei Verwandten von ihr zu vorbeizuschauen, die in einer großen Villa lebten. Eingeschüchtert betraten wir das Wohnzimmer, in dem eine sehr umfangreiche Matrone im Nachthemd auf einem Sofa lag, während ihr Mann, ein älterer hochrangiger Offizier der indonesischen Streitkräfte, schweigend in Uniform in einem Sessel saß. Mir hat die ganze Atmosphäre in jenem Haus nicht gefallen, ich war verunsichert und ängstlich, und es war offensichtlich, dass Christians Mutter uns nur mitgenommen hatte, um uns mit ihrer einflussreichen Verwandtschaft zu beeindrucken. Die Matrone und ihr Mann waren nicht sehr gesprächig, so dass eigentlich nur Christians Mutter redete. Irgendwann stieß die alte Frau laut, lange und blubbernd in einer schon viel zu lange dauernden Gesprächspause auf. Ich war froh, als wir wieder draußen waren, doch sollte noch auf der Rückfahrt der Motor des Peugeots den Dienst versagen, so dass wir mit dem Taxi weiterfahren mussten.

Auf die deutsche Schule in Jakarta ging ich von 1983 bis 1990, sieben erlebnisreiche Jahre lang. Zu dieser Zeit besuchten schwankend zwischen etwa 220 bis 250 Schüler aller Jahrgangsstufen, also von Kindergarten bis zur zehnten Klasse, die Schule. Es verließen meist viele

Klassenkameraden zu den Sommerferien die Schule, um mit ihren Eltern zurück nach Deutschland oder weiter um die Welt zu ziehen, und nach den großen Ferien gab es immer zahlreiche neue Gesichter. Dann gab es da in jeder Klasse ein paar Indos, die meist länger die Schule besuchten, da ihre Eltern, und gerade auch der deutsche Teil, Indonesien mittlerweile als ihre Heimat betrachteten. Wie es der stellvertretende Schulleiter mal formuliert hatte, war dieser Teil der Schülerschaft sprachlich in „Bahaglitsch" zu Hause: *Bahasa* Indonesia wurde mit der Mutter gesprochen, Englisch mit den Freunden und Deutsch mit dem Vater. Das angesichts einer solch babylonischen Sprachvielfalt bei den Bezugspersonen mehr Quantität als Qualität des Sprachvermögens herauskam, lag auf der Hand. Da spielte die deutsche Sprache zwangsläufig eine untergeordnetere Rolle als in der fernen Heimat, von der viele sowieso nur eine unklare Vorstellung hatten, wenn überhaupt. Wir konsumierten englischsprachige Musik und die Kinos zeigten die Hollywoodstreifen in Originalfassung mit indonesischem Untertitel. Auch die Filme, die es in den Videotheken auszuleihen gab, waren alle englischsprachig. Nach der zehnten Klasse hatte man die Wahl, entweder mit den Eltern nach Deutschland zu gehen, oder auch ohne, dann in ein Internat, oder in Jakarta zu bleiben, und auf die preiswertere indische Gandhi Memorial School zu wechseln, oder auf die Jakarta International School, die aber recht teuer war. Viele meiner Schulkameraden sind dann doch nach Deutschland gezogen, manche blieben in Indonesien oder gingen nach Australien, einige verschlug es in die USA oder in die Vereinigten

Arabischen Emirate. Wenn Facebook nützlich ist, dann gerade für Gemeinschaften wie unsere, die wir über die ganze Welt verstreut sind und locker verbunden durch die gemeinsame Zeit an der deutschen Schule in Jakarta. Das ist dann wohl so was wie eine zugegebenerweise sehr künstliche Heimat, wo sich all die Menschen befinden, mit denen ich einen Großteil meiner Kindheit verbracht habe. Und die Schulzeit habe ich in guter Erinnerung: Da waren zuallererst natürlich die Glanzlichter eines jeden Schuljahrs, die Klassenfahrten. Während die niederen Jahrgangsstufen Orte in der Nähe von Jakarta wie Puncak, Bandung oder den Strand von Carita an der Sundastraße besuchten, zog es die älteren Jahrgänge häufig in die alte Sultanstadt Yogyakarta und ihre Umgebung, mit dem Kraton, dem Sultanspalast, und den in der Nähe gelegenen Tempeln Prambanan und Borobudur. Auch der Merapi-Vulkan, der zuletzt 2010 ausbrach, wurde mitunter bestiegen. Der Badeort Kuta und das Künstlerdorf Ubud auf Bali stellten andere beliebte Klassenfahrtsziele dar, oder auch die malerischen Tausend Inseln vor der Nordküste Westjavas, und der Nationalpark von Ujong Kulon, die Halbinsel am westlichsten Zipfel von Java, auf der neben wilden Büffeln auch noch das Java-Nashorn vorkam. Hier reichte der dichte Dschungel mit seinen ausladenden, mit Lianen behangenen Bäumen noch bis an die feinsandigen, unberührten weißen Strände, durch die sich hier und dort kleine Süßwasserbäche ins Meer ergossen. Vor der Küste wuchsen bunte Korallenriffe mit zahllosen Fischen, und am Horizont durchquerten majestätisch große Frachtschiffe die Sundastraße auf ihrem Weg nach Tanjung

Priok oder Singapur. Allerdings ist Ujong Kulon auch noch eines der wenigen Gebiete auf Java, in denen die Anopheles-Mücke heimisch ist.

Die Klassenfahrt in der fünften Klasse 1985 führte nach Carita. Morgens ging die Fahrt in zwei himmelblauen japanischen Kleinbussen der Firma Blue Bird über die erst ein Jahr zuvor eröffnete Autobahn nach Merak. In der Nähe von Merak, in Cilegon, stand das Krakatau Steel Stahlwerk, dessen Bau von den Russen noch unter Sukarno begonnen worden war, und danach unter Suharto von deutschen Ingenieuren beendet worden war. Nachdem wir dieses passiert hatten, kam rechter Hand der Leuchtturm von Anyer in Sicht, ein 40 Meter hohes, von den Niederländern 1885 eingeweihtes Gebäude. Die Straße führte nun am Meer entlang, und als nächstes durchfuhren wir das den Charme der frühen 1970er Jahre versprühende Hotel der staatlichen Erdölfirma Pertamina in Anyer, dessen Bungalows rechts zwischen Straße und Strand lagen, während linker Hand die Lobby errichtet worden war. Schließlich erreichten wir unser Ziel, einen Komplex von mit Palmwedeln gedeckten einfachen Holzbungalows, an denen Mitglieder der deutschen Gemeinschaft Jakartas Nutzungsrechte besaßen. Die vielleicht zehn Bungalows verteilten sich locker über das mit Kokospalmen bestandene Grundstück, das direkt an den weißen Sandstrand angrenzte, und am Horizont konnte man unscharf die Konturen des Krakatau Vulkans auf dem Meer erkennen. Die nächsten Tage verbrachten wir unbeschwert mit Schnorcheln, Strandwanderungen und Schwimmen. Schließlich kamen wir auch nicht umhin, zünftige Süß-Sauer-Saftig Partys zur

Musik der Heavy Metal Band Quiet Riot mit ihrem
alten Gassenhauer „Come on Feel the Noise" zu veran-
stalten, und die Mädchen drapierten manchen der Jungs
danach liebevoll formvollendet frische Seegurken aufs
Kopfkissen. Neben den typischen Pop-Hits der 1980er
von Madonna, Cindy Lauper, Sandra, The Smiths und
A-ha stand ich damals schon ungemein auf die Beatles
und die Rolling Stones. Die Verpflegung war frugal, aber
gut: So gab es unter anderem Supermie mit Sambal und
eingerührtem Ei, das unsere Geschichtslehrerin Frau Na-
pitupulu für uns zubereitete. Nach drei oder vier Tagen
kehrten wir wieder wohlbehalten und braungebrannt
wieder nach Jakarta zurück.

Auch die Klassenfahrt in der siebten Klasse führte nach
Carita, mit dem Unterschied, dass unser Klassenlehrer
Herr Walter mit uns ein Filmprojekt durchführte. Das
war ein Heidenspaß: ich habe zwar nicht mehr genau
die Handlung des Streifens im Kopf, aber jedenfalls waren eine Bootsfahrt, Piraten, Wanderungen durch Reisfelder und entlang eines felsigen Flussbetts, Kannibalen
sowie ein unsichtbarer Tiger mit von der Partie, und
das in VHS aufgenommene Opus hatte dann doch eine
Gesamtlänge von etwa eineinhalb Stunden. Außerdem
rauchten wir auf jener Klassenfahrt heimlich unsere ersten Zigaretten, was damals noch als cool galt.

Unsere Abschlussfahrt 1990 führte nach Tanah Toraja
auf Sulawesi. Wir waren zu viert: Unser Klassenlehrer
Herr Widmann und drei Schüler. Zunächst ging es mit
der KM Umsini, die in der Meyer-Werft in Papenburg
an der Ems gebaut worden war, von Jakarta über Surabaya nach Ujung Pandang (heute wieder Makassar) in

Südsulawesi. Wir hatten eine komfortable klimatisierte vier-Kojen-Kabine zweiter Klasse mit eigenem WC mit Dusche gebucht und verbrachten die meiste Zeit Karten spielend im Bordcafé. In Ujung Pandang übernachteten wir und besuchten abends noch auf ein Bir Bintang eine Karaoke Bar. Schillernd warfen die verspiegelten Wände die Lichtfetzen der rotierenden Discokugel in den Raum zurück, während sich mandeläugige Schönheiten schmachtend an der Theke räkelten. Am Nebentisch saß eine Gruppe von ausschließlich männlichen Sino-Indonesiern, die irgendetwas zu feiern schienen, jedenfalls hatten alle große Gläser mit vermutlich Whisky vor sich stehen. So auch der Jüngste unter ihnen, der nicht älter als 16 Jahre alt sein mochte, den Blick fast nie von seinen Schuhspitzen hob, und wohl initiiert werden sollte. Wir kehrten dann ins Hotel zurück bevor wir herausfinden konnten, was ihn da eigentlich genau für eine Prüfung erwartete.

Am nächsten Tag fuhren wir mit dem Bus nach Rantepao und waren den ganzen Tag unterwegs. Die Toraja sind im Gegensatz zu der Mehrheitsbevölkerung der Indonesier Christen, aber auch erst seit etwa Anfang des 20. Jahrhunderts, so dass wir in Rantepao von außen und innen die charakteristischen Grabhöhlen besichtigen konnten, die in den senkrechten Kalkfels geschlagen waren und vor denen geschnitzte Ebenbilder der Verstorbenen Wache hielten. Die Häuser der Toraja sind wie die der Batak auf Sumatra mit einem wie ein Büffelhorn geformten First gebaut, und ein Dorf besteht meist aus zwei parallel verlaufenden Häuserreihen. Wasserbüffel nehmen in den Riten und Kulthandlungen der Toraja eine zentrale Rolle ein, je mehr Wasserbüffelhörner an der Vorderseite eines Hauses übereinander angebracht sind, desto höher ist der soziale Status des Familienvorstandes. Ebenfalls sahen wir uns einen Wasserbüffelkampf an, ein Spektakel, das die Bevölkerung im ganzen näheren Umkreis anlockte und das Volksfestcharakter hatte. Leider regnete es ziemlich stark, was das Vergnügen, durch Pfützen gegeneinander anrennende Wasserbüffel unter lautem Gejohle anzufeuern marginal schmälerte. Bengalische Feuer und begleitende Gesänge mit rhythmischem Getrommel sind bei den Toraja noch nicht verbreitet, so dass hier noch Optimierungspotential besteht.

Als nächstes mieteten wir einen Toyota Landcruiser Jeep und machten uns auf, um einem Begräbnisfest in einem abgelegeneren Dorf beizuwohnen. Ob des Regens am Vortag hätten wir eigentlich Vorsicht walten lassen müssen, aber wir vertrauten blind dem Vierradantrieb des Jeeps. Es kam wie es kommen musste: Der Asphalt der Straße verabschiedete sich bald von der Bildfläche, und aus der Straße wurde ein Feldweg, dessen Fahrspuren mit großen Steinen ausgelegt waren. Irgendwann wurde es neblig und auch die Steine mit zunehmenden Höhenmetern immer weniger. Dafür nahm die Tiefe der Fahrrinnen zu, und irgendwann schließlich blieb der Jeep in einer ausgewachsenen, vielleicht einen Meter tiefen Lateritschlammfurche, die den Weg darstellen sollte, stecken. Netterweise halfen uns vorbeikommende Dörfler, die auch auf das Begräbnisfest wollten, und an Bambusstangen gebundene lebende und quikende Schweine trugen. Flugs wurden die Schweine abgelegt, und mit vereinten Kräften bekamen wir den Jeep nach zwei Stunden endlich wieder flott. Schließlich erreichten wir nach Einbruch der Dunkelheit, verkrustet wie Erdferkel, das Dorf. Hier wurde uns ein Wasserbüffelragout mit Reis serviert, das gewöhnungsbedürftig schmeckte, aber durchaus eine interessante Erweiterung meines kulinarischen Horizontes darstellte. Die Nacht verbrachten wir dann hart auf einer Bambuspritsche, die der Hausherr extra für uns geräumt hatte. Wir haben nicht viele Augen zugemacht, denn die Hunde, Schweine und Hühner wechselten sich darin ab, uns ihre Vorstellung von Urlaub auf dem Bauernhof näher zu bringen. Am nächsten Morgen dann war es so weit: Um den Dorfplatz herum waren im Rechteck überdachte Bambusgestelle aufgestellt worden, in denen die Gäste sich niedergelassen hatten und sich ihren Reis mit Wasserbüffelragout schmecken ließen. Die Sonne lachte vom Himmel und zunächst bildete sich ein Kreis von Tänzern, die sich an den Händen fassten und einen monotonen Gesang anstimmten. Dann wurden fünf oder sechs Wasserbüffel auf den Platz geführt, alles ein perfektes Bild des Friedens und der Harmonie, noch. Das nächste Bild, dessen ich mich entsinne, waren die plötzlich durch die Luft blitzenden *Golok*-Klingen, die die Männer mit aller Kraft weit ausholend in die Kehlen der Wasserbüffel hackten. Der Todeskampf der Tiere dauerte lange, oder vielleicht kam es mir nur so vor, und vergeblich versuchten sie den Hieben mit den Goloks auszuweichen. Doch schließlich sackten sie erst auf die Vorderknie, und gingen letztendlich vollständig zu Boden, wo sie zuckend verendeten. Nun ging alles sehr schnell, geschwind waren die Tiere enthäutet, ausgenommen und zerteilt. Das Fleisch wurde unter den Anwesenden verteilt und nach einer gewissen Zeit wurde der Holzsarg mit dem Leichnam auf den Dorfplatz getragen. Ein Priester sprach einige Worte, dann wurde der Sarg zu Grabe getragen. Noch benommen von der Schlachtszene machten wir uns auf den Rückweg, und unterwegs hielten wir noch an einem Waldstück an, in das wir hineingeführt wurden. Mitten im wild wuchernden Dschungel lagen auf einmal kreuz und quer verstreut grün bemooste und geborstene beschnitzte Särge, aus denen vollkommen unsentimental menschliche Knochen und Schädel quollen. Der Tod wird in den meisten Kulturen tabuisiert, aber in manchen eben etwas weniger, und zu diesen zählen wohl auch die Toraja, zumal sie manchmal die Leiche eines zu beerdigenden Angehörigen erst einbalsamieren und bis zu mehrere Jahre bei sich im Haus aufbewahren, bevor das Begräbnis stattfindet. Da der Tod im Alltag präsenter ist, gehen die Menschen also auf ihre Weise mit ihm um.

In Rantepao trafen wir dann am späten Nachmittag ein, und abends gönnten wir uns eine Abwechslung von Wasserbüffelragout, und aßen in einem Restaurant im Bambusrohr langsam mit Kokosnussraspeln gegartes Schweinefleisch, eine sehr wohlschmeckende Zubereitungsweise. Die Rückreise verlief unspektakulär, zunächst ging es mit dem Bus wieder zurück nach Ujung Pandang, dann weiter mit dem Flugzeug nach Surabaya, und von dort aus mit dem Nachtbus nach Jakarta, wo wir dann schlussendlich vollkommen gerädert im Morgengrauen ankamen.

Europaurlaub und Weltreise

In München hatten meine Eltern Anfang der 1980er in der Mauthäuselstraße eine kleine Zweizimmerwohnung gekauft, wo wir meist unseren jährlichen Europaurlaub verbrachten. Von dort aus unternahmen wir kürzere Reisen in den Bayerischen Wald, nach Falkensee in der damaligen DDR bei West-Berlin, wo meine Großmutter und eine Tante mit ihrer Familie lebten, sowie nach Tirol. Für die Europaurlaube kaufte mein Vater alte Gebrauchtwagen, so nacheinander zweimal einen alten Opel Olympia, einen Audi 100 und einen 5er BMW. Mit letzterem statteten wir dem Großglockner in Österreich einen Besuch ab, was seinen altersschwachen Bremsen nicht gut tat, so dass mein Vater bergab überwiegend mit Motorbremse fuhr. Es gibt noch ein Foto von Paul, meiner Mutter und mir, wie wir am Pasterzengletscher stehen und frieren. Die Reisen in die DDR habe ich positiv in Erinnerung: Zunächst fällt mir der Geruch von verfeuerten Braunkohlebriketts ein, Schloss Sanssouci in Potsdam, das wir besichtigten, dann die Mosaikcomics mit Dig, Dag und Digedag, die wir in der Buchhandlung am Alexanderplatz in Ost-Berlin erstanden, und schließlich die PIKO-Modelleisenbahnwaggons und -triebwagen, mit der wir unsere Fleischmann-Modelleisenbahnsammlung erweiterten. Nicht weit vom Haus unserer Großmutter befand sich ein kleiner mit Gras bestandener Hügel, in dem sich noch Schützenlöcher aus dem Krieg befanden, das war für Paul und mich der schönste Spielplatz. Weiter Richtung Spandau befand sich eine Kaserne der NVA, aber die nahmen wir eigentlich gar nicht wahr.

1984 begaben wir uns auf eine große Weltreise, deren Stationen München, New York, Charlotte, Los Angeles, Tokio und Kyoto waren. Der Anfang der Reise war etwas holperig, da wir unseren Lufthansa-Flug von München nach Frankfurt verpassten, und somit auch den Anschlussflug nach New York. Schließlich nahm uns die British Airways über London-Heathrow mit nach New York. Der Service war nicht zu verachten: Ständig kam der Steward vorbei und wollte bei meinen Eltern seinen Champagner und seine Zigaretten loswerden. In New York nahmen wir eines der gelben Taxis vom John F. Kennedy Flughafen zum Lexington Hotel in der Nähe des Central Park, da sehr zu Pauls Leidwesen der Hubschrauberdienst vom Flughafen nach Manhattan augrund der fortgeschrittenen Tageszeit nicht mehr flog. Unterwegs im Taxi gab ich, vollkommen überdreht von der Zeitverschiebung, die Nervensäge, und versuchte, den Taxifahrer aus der Reserve zu locken, indem ich möglichst oft die Worte „Chicago“, „Gangster“ und „Al Capone“ fallen ließ. Ich sprach zwar kein Englisch, aber ich wusste, diese Worte musste er verstehen. Das Ende vom Lied war, dass der Taxifahrer vollkommen cool blieb und mir mein Vater gebot, die Klappe zu halten. Das Hotel fand ich aus zwei Gründen spitze: Zum einen gab es eine Eismaschine auf dem Gang, aus der man sich umsonst bedienen konnte, so oft man wollte, zum anderen war ich überwältigt von der schieren Anzahl der Fernsehprogramme, die man empfangen konnte. Zum ersten Mal in meinem Leben wurde ich mit so etwas wie Wrestling und Catchen konfrontiert. In Jakarta gab es nur den Staatssender TVRI, der seinen Sendebetrieb erst mit den Nachrichten um 17.00 Uhr aufnahm und um 22.00 Uhr mit Absingen der Nationalhymne wieder einstellte. In New York machten wir eine Hafenrundfahrt, bei der mein Vater mit seiner VHS-Videokamera Aufnahmen machte, auf denen ich zwar nicht zu sehen bin, aber deutlich zu vernehmen, da mich eine Möwe angekackt hatte, und ich dies sogleich lauthals krähend verkündete. Auch das World Trade Center besuchten wir, und fuhren mit dem Aufzug bis ganz nach oben. Die Aussicht über die Megalopolis war grandios, aber irgendwie wurde ich angesichts des deutlich spürbar im Wind schwankenden Turms ein leicht mulmiges Gefühl nicht los.

Von New York flogen wir nach Charlotte in North Carolina, wo meine Tante Maria mit ihrer Familie in einem in der Nähe gelegenen Ort namens Grover lebte. Sie hatte einen wahnsinnig süßen, knuddeligen kleinen Hund mit schwarzem Fell, das weiß ich noch. Ob er eines seiner Hinterbeine nachzog und dort einen Pferdefuß anstatt einer Pfote hatte, weiß ich nicht mehr, aber am nächsten Morgen hatten wir alle, meine Mutter, mein Vater, Paul und ich, kleine rote Punkte, die außerordentlich juckten. Von da an hielten wir uns möglichst fern von dem süßen kleinen schwarzen Hund. Mein Vater lieh sich für unseren Aufenthalt in North Carolina von seiner Schwester ihr Oldsmobile, mit dem wir Ausflüge in die Umgebung machten, unter anderem auf ein Bürgerkriegsschlachtfeld, in eine Westernstadt und zu einem Felsen, der aussah wie ein Schornstein, auch so hieß (Chimney Rock) und auf dem eine US-Flagge im Wind flatterte.

Von Grover ging es dann wieder über Charlotte mit der Eastern Airlines in einer Lockheed TriStar nach Los Angeles, wo eine Cousine meiner Mutter, Tante Emmy, mit ihren zwei Kindern in der Nähe lebte. Beim Einkaufen im örtlichen Supermarkt dort fielen uns exotische Milchprodukte wie Schokoladen- und Vanillekäse auf. In Los Angeles besuchten wir die Universal Film Studios, wo wir in Anhängern, die von kleinen Zugmaschinen gezogen wurden, durch das Studiogelände fuhren, und in die Szenerie von „Der Weiße Hai" und der „Star Wars"-Trilogie eintauchten. Auch an dem Haus, in dem Hitchcocks Klassiker „Psycho" gedreht wurde, fuhren wir vorbei. Disneyland hingegen hinterließ keinen bleibenden Eindruck bei mir, vielleicht, weil die Attraktionen gar zu viele waren und ich von Reizen überflutet wurde. Eine Sache ist mir in den USA aufgefallen: Damals, also 1984, sperrte niemand sein Auto auf dem Parkplatz ab. Mich würde mal interessieren, ob das heute immer noch so ist.

Von Los Angeles ging es weiter mit einer Boeing 747 der Japan Airlines nach Tokio, wo wir nur eine Nacht verbrachten und am nächsten Tag den Shinkansen nach Kyoto nahmen, vorbei am Fujiyama mit seinem schneebedeckten Gipfel. Die Landschaft in Japan kam mir im Gegensatz zum wild wuchernden Jakarta sehr fremd und symmetrisch vor, mit ihren rechtwinkligen Reisfeldern, die sehr planvoll eine innere Anordnung wiederzugeben schienen, so auch das schachbrettartig angelegte Kyoto. Hier besuchten wir unter anderem den alten Kaiserpalast, der bis 1868 Sitz des Tenno gewesen war, und der achtmal niederbrannte und wieder aufgebaut wurde, das letzte Mal 1855. Den zweiten Weltkrieg überstand der Kaiserpalast, wie ganz Kyoto, aber unbeschadet, da die Amerikaner die Stadt aus Respekt nicht bombardierten. Damit ist Kyoto eine der wenigen japanischen Städte, die im Krieg nicht zerstört wurde. Nach dieser letzten Station unserer Weltreise flogen wir zurück nach Jakarta.

Andere Reisen in jenen Jahren führten uns nach Singapur, wo wir öfter im Holiday Inn Hotel in der Nähe der Orchard Road abstiegen, und während eines Aufenthalts eine Stadttour in einem Bus des Greyline-Reisebüros unternahmen, auf der wir unter anderem chinesische Tempel und Orchideengärten besichtigten. An Bangkok, das wir ebenfalls besuchten, habe ich keine genauere Erinnerung mehr, ich erinnere mich nur noch verwischt an süße Kekse mit eingebackenen Garnelen und sehr eigenwilligem Geschmack, Tempel, Bootstouren auf den Kanälen, aufdringliche Kleinhändler und die den Indonesiern ähnelnde Erscheinung der Menschen. Das Klima unterschied sich ebenfalls nicht sonderlich von Jakarta.

Hinduismus und Buddhismus in Südostasien

Die heute noch sichtbaren architektonischen Relikte einstiger hinduistisch-buddhistischer Reiche im insularen und festländischen Südostasien geben die Vorstellung wieder, dass jedes Schöpfungsdetail eine Entsprechung innerhalb eines größeren Zusammenhanges hatte, und dass den Menschen und ihren politischen und religiösen Führern der Funke Göttlichkeit gegeben war, diesen zu erkennen und zu modellieren. Elemente, Farben, Tiere, Pflanzen, Metalle, Körperteile, Charaktereigenschaften, Lebensvorgänge, Alter und Geschlecht, Askese und Lebensgenuss sowie Leben und Tod waren auf die einzelnen, Schicksal bestimmenden Weltrichtungen und Himmelskörper innerhalb der Vorstellungswelt verteilt. Sie hatten in Abhängigkeit der Konstellation der Planeten ihre charakteristische Zeit, die, je nachdem ob die Menschen sie richtig erkannten und sich anpassten, Glück oder Verderben brachte. Mehr noch als für den Einzelnen galt dies für das Kollektiv in Klöstern, Städten und Staaten, das nur dann prosperieren konnte, wenn es sich im Einklang mit den Gesetzen der der Natur befand. Dieser Einklang wurde versucht zu erreichen, indem Reich, Hauptstadt, Tempel und Klöster als Abbild des mythischen Weltbildes gestaltet wurden, und Hofstaat, Beamtentum, Einteilung der Provinzen, Maße, Gewichte und Münzen den kosmischen Naturgesetzen gemäß angepasst wurden (Vgl. Diez 1940, S.241f).

Im Hinduismus Südostasiens gab es die drei obersten Gottheiten Schiwa, Wischnu und Brahma. Schiwa war der Gott der Heilbringung und der Zerstörung und stand für die kreative Energie. Sein Symbol war der Lingam, oder der Phallus. Er besaß ein drittes Auge und vier Arme mit Händen, die jeweils einen Dreizack, einen Bogen, ein Tamburin und eine Keule hielten. Seine tamilische und südostasiatische Variante zeigt eine segnende Hand, eine offene, eine, die eine Axt hält, und eine, aus der ein kleiner Hirsch springt. Sein Gefährt war Nandu, der Stier, und seine beiden Frauen Paraiti, die wohlwollende, und Durga, die finstere.

Wischnu, Herr des Friedens und der Erhalter, wurde ebenfalls mit vier Armen dargestellt, deren Hände jeweils eine Muschel, eine Scheibe, eine Keule und eine Lotusblüte hielten. Er gebot über das mythische Aufwühlen des Meeres aus Milch durch die Götter und Dämonen, die abwechselnd am Körper der Schlange Vasuki zogen, die den Berg Mandara umgab. Dadurch wurde aus dem Meer aus Milch die Ambrosia der Unsterblichkeit gebuttert. Seine Gattin war Lakshmi, Sinnbild der Schönheit und Göttin des Glücks, sein Gefährt der mythische Vogel Garuda. Wischnus Reinkarnationen waren Krishna und Rama, die Helden der beiden Epen Ramayana und Mahabharata.

Der dritte Gott, der viergesichtige Schöpfer Brahma, nahm im südostasiatischen Pantheon keine so herausragende Rolle ein. Sein Symbol und Begleittier war die heilige Gans, die ihn in kürzester Zeit überall hinbrachte. Schiwa, Wischnu und Brahma waren die Verkörperung der einzigen und obersten Gottheit auf der Erde, Trimurti genannt (Vgl. Villiers 2001, S.47). Daneben gab es in der südostasiatischen Vorstellung des Hinduismus Yama, den Herrn der Unterwelt, der über die Menschen urteilte, Surya, die Sonne, Indra, den König des Himmels und Herr der Lokapalas, den Wächtern der acht Himmelsrichtungen, und die Nagas, die Schlangengottheiten (Vgl. Hall 1981, S.43).

Alles Leben auf der Erde war einem ewigen Zyklus aus Entstehung und Zerstörung unterworfen, und die Geschichte der Erde von Anbeginn bis zu ihrem Untergang wurde in vier Yugas (lange Zeitabschnitte) eingeteilt. Zusammen ergaben sie den Kalpa, einen Tag im Leben des Brahma. Nach hinduistischer Auffassung befand sich das Universum in seinem vierten Yuga, der Zeit Kalis, der Göttin des Todes und der Zerstörung, die zur Gefahr für die Menschheit wird. Um das Dharma, die gegebene Ordnung, aufrecht zu erhalten, müssen die Herrscher Chaos und Korruption bekämpfen (Vgl. Ebenda, S.43).

Die Menschen wurden der hinduistischen Vorstellung zufolge dem Gesetz des Karmas entsprechend, also ihrer Verdienste und Sünden, wiedergeboren. Dieser Zyklus dauerte so lange an, bis die Seele, gereinigt von allen Sünden und geläutert mit der göttlichen Realität verschmolz.

Im Hinduismus Südostasiens bestand das Universum aus dem runden, zentral gelegenen Kontinent der Menschen, Jambudvipa, benannt nach dem Baum der Jambu-Frucht, die von sieben ringförmigen Meeren und sieben ringförmigen Kontinenten umgeben war. Nach außen schloss die Welt mit einem undurchdringbaren Gebirgswall ab, dem Cakravala, während in ihrer Mitte

der Weltberg Meru in den Himmel ragte, um den die
Sonne, der Mond und die Sterne kreisten. Unter dem
Meru lagen eine Anzahl von Höllen, auf der Spitze die
Stadt der Götter, Sudarcana, und darüber mehrere Himmel. Das buddhistische Konzept des Universums wich
etwas von dieser Vorstellung ab: Hier lag der Meru in
der Mitte von sieben ringförmigen Meeren und sieben
ringförmigen Wallgebirgen. Nach dem äußersten Wall-
gebirge kamen der Ozean und in Bezug zum Meru nach
den vier Himmelsrichtungen angeordnet die vier Konti-
nente, darunter im Süden Jambudvipa. An den Hängen
des Meru lag das niedrigste Paradies, die Heimstätte der
Lokapalas (Wächter der Himmelsrichtungen), auf der
Spitze des Berges das zweite Paradies, das von Indra be-
herrschte Reich (Vgl. Ebenda, S.245). Darüber schlossen
sich mehrere Himmel an und schließlich das Nirwana
(Vgl. Diez 1940, S.256). Das Nirwana, die Sanskritbezeichnung für das Erlöschen oder Verwehen, ist also sowohl ein Ort als auch ein Endzustand, nämlich der der
völligen, seligen Ruhe.

Nach diesen Vorstellungen des Universums wurden in
ganz Südostasien Paläste, Tempel und Städte errichtet,
darunter die Residenzstadt der Khmer-Könige, Angkor
Thom in Kambodscha, mit dem Bayon Tempel als Abbild des Meru. Der Palastkomplex des Majapahit-Reiches auf Java war Beschreibungen zufolge ebenfalls den
heiligen Berg symbolisierend terrassenförmig angelegt.
Die Hauptstadt war das Zentrum des Universums, und
der Haupttempel mit dem Lingam des Schiwa der Gipfel
des Meru. Dies hatte übergeordnete Bedeutung für die
Sicherheit und das wirtschaftliche Erblühen des Reiches.

Der Buddhismus trat in Südostasien anfangs in der Glaubensrichtung des Theravada zu Tage, der zum Hinayana (kleines Fahrzeug) gezählt wird, dem Ur-Buddhismus. Dieser konnte sich in Südasien nur in Sri Lanka halten, während sich der Mahayana (großes Fahrzeug) im restlichen Süd- und Ostasien ausbreitete. Der Mahayana stellte im Gegensatz zum Hinayana Boddhisattvas mehr in den Vordergrund: Dies waren Menschen, die Erleuchtung erfahren hatten und sich an der Grenze zum Buddhasein befanden, dieses aber hinausgeschoben hatten, um der Menschheit zur Erlösung zu verhelfen. Buddha selbst hatte eine Reihe von Boddhisattvas verkörpert, bevor er als Siddhartha Gautama geboren wurde (Vgl. Hall 1981, S.45). Während der Theravada sich auf einen Tripitaka genannten Schriftenkanon bezieht, der in Pali verfasst war, einer dem Sanskrit verwandten mittelindischen Sprache, wurde für den Mahayana nie ein einheitlicher Kanon von heiligen Büchern festgelegt. Der Buddhismus strebt ein Ausscheiden des Menschen aus dem Wiedergeburten-Zyklus und das Eingehen in das Nirwana an. Der im späten 6. und frühen 5. Jahrhundert v. Chr. von Siddhartha Gautama gestiftete Buddhismus erreichte Indonesien in Ausprägung des Hinayana im 4. Jahrhundert n. Chr. Später, im 8. Jahrhundert wurde er in Indochina und Indonesien vom Mahayana verdrängt. Dessen Strömung des Tantrismus fand seit 717 von Sri Lanka her kommend Verbreitung in Sumatra, und dominierte dort und in Java im 13. und 14. Jahrhundert. Einzelne tantrische Rituale beinhalteten erotische Praktiken, exzessiven Alkoholgenuss, Tier- und gelegentlich auch Menschenopfer (Vgl. Ebenda, S.82), sowie das Trinken von Menschenblut und das Verzehren von Menschenfleisch (Vgl. Villiers 2001, S.58), mit dem Ziel der Erlangung von magischen Kräften.

Buddhismus und Hinduismus verschmolzen in Südostasien und auch in Indonesien häufig zu einem Synkretismus, der auch animistische Elemente und Ahnenverehrung mit einschloss, und der hinduistische Lingam und die buddhistische *Stupa* wurden zu Mitteln, um mit den verschiedenen Vorfahren in Verbindung zu treten und von ihnen übernatürliche Kräfte zu erlangen.

Auf die altjavanische Literatur hatte vor allem das große Hindu-Epos Mahabharata maßgeblichen Einfluss, dass die Geschichte des Kampfes zwischen den Kaurawa-Brüdern und ihren Vettern, den fünf Pandawas, erzählt, die in eine Schlacht mündet, im Verlaufe derer der Pandawa Arjuna mit seinem Wagenlenker Krishna, einer Reinkarnation Wischnus, über die richtige Art zu leben sprach. Arjuna kam zu dem Schluss, dass Ehrfurcht vor Gott der richtige Weg war, und erfuhr einen Moment der Offenbarung Wischnus (Vgl. Hall 1981, S.43). Krishna unterweist Arjuna unter anderem darin, dass Erlösung findet, wer sein Streben nicht auf die Erlangung von Sinnenfreuden und Reichtum richtet, sondern auf Pflichterfüllung, ohne Anerkennung zu erwarten. Durch Meditation nähert man sich dem Wesen Gottes, Dinge besitzt man, ohne an ihnen zu hängen, und man erlangt so die Freiheit vom Kreislauf des Entstehens und Vergehens. Damit lebt die Seele ewig, während der Körper vergänglich ist (Vgl. Abt 2001, S.154f).

Die Schlacht schließlich gewannen die Pandawas, und sie führten ihr Volk in ein glückliches Zeitalter.

Aus der Geschichte Javas

Mit den letzten Migrationswellen der Deuteromalaien, die Indonesien ab dem 3. Jahrhundert v. Chr. von Hinterindien aus besiedelt hatten, nahm der hinduistische Einfluss im Archipel zu: Zunächst dürfte nur einige kleine, von der übrigen Bevölkerung relativ separierte hinduistische Reiche auf Sumatra, Java und Kalimantan bestanden haben, doch kurz nach der Zeitenwende, etwa im 1. Jahrhundert, begann der Einfluss dieser indisierten Kulturen den der Megalithenkultur zu überlagern (Vgl. Stutterheim 1926, S.IV).

In einem auf 70 bis 71 n. Chr. datiertem griechischen Periplus für die erythreische Küste tritt Indonesien in den abendländischen Gesichtskreis. Es wurden in dieser Segelanweisung drei Häfen an der Westküste Indiens genannt, die zu dieser Zeit von griechischen Schiffen angelaufen worden sein sollen: Broach, Kranganore und Porakad. Die Autoren des griechischen Schriftstücks gaben an, dass die Schiffe dieser Städte wiederum mit drei Hafenstädten am Golf von Bengalen in Verbindung standen, nämlich Kaveripatnam, Pondicherry und Sopatma. Die Schiffe der dortigen Händler segelten ihrerseits in das Gebiet der Gangesmündung und auch zu einer Insel, die Chryse genannt wurde, und die Schildpatt lieferte. Hinter diesem Goldland vermuten Forscher Burma, aber auch Sumatra, da hier Schildpatt aus dem ganzen Archipel zwischen gehandelt wurde (Vgl. Hall 1988, S.17). Diese noch recht vage Beschreibung wurde von dem aufgrund des von ihm propagierten geozentrischen Weltbildes nicht unumstrittenen alexandrinischen Gelehrten Klaudios Ptolomaios im Jahr 165 n. Chr. in Band VII seiner Geographike Hyphegesis konkretisiert. Er beschrieb eine Chryse Khersonese (Gold-Halbinsel), an die sich mehrere Inseln anschlössen, die zum Teil von Kannibalen bewohnt seien. Genauer ging er auf die Insel Yabadiou ein, die er auch Gerstenland nannte, mit einer im Westen gelegenen Hauptstadt mit dem Namen Argyre Polis (Silberstadt). Manche Forscher setzen nun Yabadiou mit Javadivu oder Javadvipa gleich (Vgl. Ebenda, S.18). Das Wort Java ist die Sanskritbeschreibung für eine bestimmte Gerstenart, genannt Jawa-Wut (Panicum Italicum), dvipa für Land oder Kontinent. Drei Inseln weiter östlich, so schrieb Ptolomaios, läge die Insel Satyroi, deren Einwohner Schwänze hätten. Tatsächlich liegt nach Bali, Lombok und Sumbawa die Insel Komodo mit ihren großen Komodo-Waranen, die sich im Kampf auch auf die Hinterbeine stellen.

Die ersten schriftlichen Zeugnisse überhaupt aus Java selbst sind vier Steintafeln, die auf 400 bis 500 n. Chr. datiert werden, und auf denen ein König Purnawarman sein in Westjava gelegenes Reich Taruma verewigt hatte. Auf den Steintafeln wurden die Befolgung brahmanischer Riten, der Bau von Bewässerungsanlagen und die Anlage eines Kanals beschrieben. Da das Sanskrit der Urkunde dem des damals im südindischen Pallawa-Reich gebräuchlichen entspricht, wird davon ausgegangen, das Purnawarman oder sein Geschlecht aus Indien stammten (Vgl. Stutterheim 1926, S.IV).

Der javanischen Geschichtsschreibung zufolge begann das Jahr 1 der javanischen Zeitrechnung (75 n.

Chr.) mit der Landung des Prinzen Prabu Jaya Baya von Astinapura, das bei Dehli in Indien gelegen haben soll (Vgl. Raffles 1988, S.67). Dieser Prinz wurde als Nachkomme Arjunas aus dem Geschlecht der Pandawas in fünfter Generation beschrieben, womit ein Zusammenhang zwischen der Besiedelung Javas und dem großen Sanskritepos Mahabharata hergestellt wurde, das etwa im Zeitraum von 500 v. Chr. bis 400 n. Chr. entstanden war. Der Chronik zufolge stieß Prinz Prabu Jaya Baya auf eine Rasse von Raksasas (Unholden), mit denen er eine Reihe von Kämpfen ausfocht, bevor er die Insel nach dem Grundnahrungsmittel der Einwohner benannte, Jawa-Wut. Ein anderer Chronist verlegte das Mahabharata ganz nach Java, nachdem der Stammvater der Javaner, ein Enkel Brahmas, Tritresta genannt, eine Prinzessin aus Kamboja geheiratet hatte und sich mit 800 Familien aus dem Lande Kling in Indien am Berg Semeru angesiedelt hatte (Vgl. Ebenda, S.73).

Die verschiedenen Quellen, darunter auch die Prophezeihungen des Jayabaya, auf die später noch eingegangen wird, geben stark unterschiedliche Bilder der Geschichte wieder, gleichen sich jedoch darin, dass ein Stammvater aus Indien, oder auch aus einem Land, das als Rom bezeichnet wurde, namens Tritresta, Prabu Jaya Baya oder Aji Saka in Java Schrift, Religion und Gesetzgebung eingeführt hätte. Einer Quelle zufolge sei erst ein Fürstentum namens Astina enstanden, daraus das Königreich Kediri, das sich wiederum in die beiden Königreiche Brambanan und Pengging aufgespalten hätte. Nach Wirren und Kämpfen sei dann das Reich von Mendung Kamulan enstanden, dem die Reiche von

Janggala, Kediri, Ngarawan und Singasari gefolgt seien (Vgl. Ebenda, S.70).

Brambanan könnte identisch mit dem hinduistisch-buddhistischen Reich von Mataram gewesen sein, da dessen Hauptstadt über lange Zeit in der Prambanan-Ebene bei Yogyakarta gelegen hatte (Vgl. Villiers 2001, S.104). Gegründet hatte Mataram die hinduistische Sanjaya-Dynastie im Jahr 732 (Vgl. Cribb 2000, S.85), die dann in der Herrschaft von der buddhistischen Sailendra-Dynastie abgelöst wurde. Diese ließ ab Mitte des 8. Jahrhunderts den Borobudur-Tempel errichten, und manche Forscher verstehen den Namen dieser Herrscherfamilie, die Sanskritbezeichnung für „Herrscher des Berges", als Hinweis auf deren Abkunft von den Königen Funans, einem indisierten Reich des festländischen Südostasiens, das zwischen dem 2. und 6. Jahrhundert bestand, sein Gebiet von Kambodscha bis nach Südvietnam ausdehnte, und dessen Herrscher den Beinamen „König der Berge" trugen (Vgl. Villiers 2001, S.64ff). Auszuschließen ist jedoch nicht, dass die hinduistisch-buddhistischen Könige im malaiischen Archipel, derer eine Vielzahl eine Abstammung von Königen der Berge jenseits der Meere für sich beanspruchte, diesen Beinamen in Anspielung auf ihre Funktion als Herrscher über das diesseitige Abbild des mythischen Berges Meru wählten, versinnbildlicht in Staatsaufbau und Bauwerken. So unter Umständen auch die Sailendras. Schließlich erlangte die Sanjaya-Dynastie wieder die Macht in Mataram, und um 900 errichtete König Pikatan oder einer seiner Nachfolger den Prambanan-Tempel als Mausoleumsanlage. Aus ungeklärten Gründen, manche Forscher vermuten eine Naturkatastrophe und Kriege, verlagerte sich das Gravitationszentrum des Reichs ab Mitte des 10. Jahrhunderts in das Tal des Brantas-Flusses in Ostjava. 1049 teilte der sterbende König Airlangga das Reich dann in Janggala und Kediri auf, eine Trennung, die die nächsten 200 Jahre Bestand haben sollte (Vgl. Ebenda, S.85). Anfang des 13. Jahrhunderts eroberte Kediri Janggala, existierte jedoch selbst auch nicht mehr lange weiter, sondern wurde 1222 von Ken Angrok, dem Begründer des Singasari-Reiches, unterworfen. Dieses brach 1292 unter den Angriffen seines Vasallen Kediri zusammen, der seinerseits schon bald durch ein mongolisches Expeditionsheer, das ursprünglich zur Bestrafung Singasaris für die Folterung von Abgesandten des Kubilai Khan ausgesandt worden war, geschlagen wurde. Dann vertrieb der Schwiegersohn des letzten Herrschers von Singasari, Raden Wijaya, die Mongolen und gründete 1293 das Reich von Majahpahit. Dies zur Einleitung, etwas detaillierter wird jener Zeitabschnitt großer Umbrüche mit seinen Feldzügen, diplomatischen Schachzügen und der schlussendlichen Reichsgründung von Majapahit im Folgenden dargestellt.

Das Majapahit-Reich umfasste kurzzeitig unter König Hajam Wuruk, der von 1334 bis 1389 lebte, ganz Java und Bali, die kleinen Sundainseln, sowie die Küstenregionen Sumatras, Kalimantans und Sulawesis, sowie Handelsposten auf den Philippinen. Es war entstanden, nachdem das Singasari-Reich 1292 vom Kediri-Reich, einem seiner eigenen Vasallen, angegriffen worden war. Zuvor hatte 1289 Kubilai Khan eine Gesandschaft an den Hof von Singasari geschickt, die Tribut für ihren

Herrn einforderte. Der Herrscher von Singasari, König Kertanegara, misshandelte die Gesandten jedoch, so dass sie unverrichteter Dinge übel entstellt zurückkehrten (Vgl. Villiers 2001, S.110). Kubilai Khan entschied sich dann, eine Strafexpedition nach Java zu schicken, doch bevor diese ankam, erhob sich Vizekönig Jayakatwang von Kediri gegen König Kertanegara, der 1292 starb, so dass Kediri unter König Jayakatwang von da an die Vorherrschaft auf Java innehatte. Doch schon sehr bald sah sich König Jayakatwang dem Schwiegersohn Kertanegaras, Raden Wijaya, gegenübergestellt, der mit einer ihm unterstellten Armee Singasaris zurückgekehrt war, die König Kertanegara kurz vor seinem Tod in den Norden entsandt hatte um Rebellen zu bekämpfen. Von diesen Truppen wurde König Jayakatwang zwar geschlagen, doch den bereits nach dem Tod von König Kertanegaras einsetzenden Zusammenbruch Singasaris konnte auch Raden Wijaya nicht umkehren. Geschwächt von dem Feldzug gegen Kediri zog er sich nach Madura zurück, wo er durch den lokalen Machthaber Unterstützung erfuhr, so dass er nach Java zurückkehrte und im Tal des Brantas-Flusses an einen Ort zog, der Majapahit genannt wurde (Vgl. Ebenda, S.110). Eine andere Quelle berichtete, das Raden Wijaya sich auf Rat des Maduresen König Jayakatwang ergeben hat, der ihn daraufhin als regionales Oberhaupt im Brantastal einsetzte (Vgl. Hall 1988, S.76).

Zwischenzeitlich war die mongolische Strafexpedition auf Java eingetroffen, die einen Boten nach Singasari entsandte, der die Nachricht vom Tod König Kertanegaras und auch von Raden Wijayas Unterwerfung mit zurück brachte. Daraufhin griffen die Mongolen die Flotte König Jayakatwangs an und landeten auf Java. Kurz darauf ersuchte Raden Wijaya die Mongolen um Hilfe gegen Kediri, das sich wieder erholt hatte. Dieser Bitte leisteten sie Folge: Kediri unterlag und Majapahit wurde entsetzt. Doch nun griff Raden Wijaya die abgekämpften und von tropischen Krankheiten geschwächten Mongolen an, die sich schließlich 1293 aus Java zurückzogen (Vgl. Cribb 2000, S.86). Raden Wijaya aber bestieg als Kertarajasa Jayawardhana den Thron und wurde erster König des Majapahit-Reiches.

Nach seiner Blütezeit unter König Hajam Wuruk soll das Majapahit-Reich javanischer Geschichtsschreibung zufolge 1478 nach einem langen Bürgerkrieg zusammengebrochen sein. Als ausschlaggebend wird der Angriff einer Allianz der nordjavanischen islamischen Vasallen unter der Führung Raden Patahs beschrieben, eines nicht anerkannten Sohns König Angka Wijayas von Majapahit mit einer chinesischen Prinzessin (Vgl. Hall 1988, S.89), der als Gründer des Sultanats Demak beschrieben wird. Nach der letzten Schlacht bei Malang flohen die Reste des geschlagenen Heers Majapahits, so die Chronik, über die Meerenge nach Bali. Allerdings dürfte die hinduistische Epoche Indonesiens nicht so abrupt beendet gewesen sein, da zum einen eine andere javanische Quelle nach der Schlacht von Malang von der Neugründung eines kurzlebigen Hindureiches namens Supiturang berichtete (Vgl. Raffles 1988, S.130), und zum anderen Alfonso d'Alberquerque von Malakka aus noch mit dem 1516 inthronisierten Pati Udara, dem letzten Herrscher Majapahits, in Verbindung stand (Vgl. Hall 1988, S.89), so dass von einer endgültigen Zerstörung des Reiches zwischen 1520 und 1526 ausgegangen wird.

Das neben Majapahit zweite größere Hindu-Reich von Java, Pajajaran im westlichen Teil der Insel, ging ebenfalls zwischen 1520 und 1530 unter, während Blambangan ganz im Osten Javas als letztes geeintes Hindu-Reich bis in die zweite Hälfte des 17. Jahrhundert bestanden haben soll, bis es schließlich in mehrere kleine Teilstaaten zerfiel (Vgl. Cribb 2000, S.91). Eine andere Quelle berichtet, dass der äußere Zerfall Majapahits erst in der ersten Hälfte des 16. Jahrhunderts begonnen hatte, nachdem sich seine an der nordjavanischen Küste gelegenen Vasallenstaaten unter der Führung Demaks losgesagt und dem Islam zugewandt hatten (Vgl. Geertz 1991, S.48). In der Folgezeit bekämpften sich die islamischen Handelsfürstentümer Nordjavas untereinander, bis Demak im dritten Jahrzehnt des 16. Jahrhunderts eine Vormachtstellung erringen konnte, die es jedoch nach nur etwa dreißig Jahren wieder an seine ehemalige Provinz Mataram (nicht zu verwechseln mit dem gleichnamigen hinduistisch-buddhistischen Reich) verlor, das sich nach und nach alle nordjavanischen Hafenstädte und deren Hinterland einverleibte. So verlagerte sich das politische Gravitationszentrum Javas wieder von den nach außen hin orientierten Handelsfürstentümern zurück zum agrarischen, nach innen orientierten Mataram, dass zwar islamisch war, in seinen höfischen Riten und seiner geistigen Vorstellungswelt aber viele hindu-javanische Elemente konservierte. So galt auch für Mataram, dass der Kraton, also der Herrscherpalast, die Hauptstadt, das Reich, der Hofstaat und die Beamtenschaft den Mikrokosmos im Makrokosmos darstellten, innerhalb dessen Jeder und Jedes seine vorgegebene Stellung hatte, die einen Teil der größeren Ordnung widerspiegelte. Der Susuhunan wirkte als Übertragungsmedium für die Kräfte des Kosmos für das Reich, worauf auch der Name vieler Herrscher Matarams hindeutete: Er lautete häufig Paku Buwono, was wörtlich übersetzt Achse der Welt bedeutete. Der Aufbau des Reiches in seiner spirituellen, architektonischen und sozialen Ordnung sollte es den Kräften des Alls durch möglichst ähnlich gestaltete Kompartimente wie jenen, denen sie entstammten, erleichtern, ihren Weg zu finden. Der Kosmos, das Leben, und selbst Dinge waren ein geordnetes, hierarchisch organisiertes Ganzes, in dem jedes Phänomen eine tiefere Bedeutung besaß. Adelige und die politisch Einflussreichen wurden als den höheren Mächten näherstehend betrachtet als der einfache Bauer, dessen Existenz auf der Bearbeitung des Bodens beruhte. Der Fürst gehorchte dem Priester, der Priester dem Gottkönig, der wiederum den höchsten Wesen, und diese dem Obersten Nichts. Im Nichtsein kulminierte sowohl die niedrigste soziale Schicht als auch die religiöse Meditation (Vgl. Ebenda, S.62). Der Herrscher war von unten her betrachtet für spirituelle Erleuchtung der höchste Punkt, von oben her gesehen dieser Betrachtungsweise zufolge die eigentliche Quelle, da das Heilige ja symbolisch leer war. Doch hierüber mochte man geteilter Meinung sein, und nicht auszuschließen war, wie weiter oben beschrieben, auch ein umfassendes und transzendierendes Heiliges, das auf allen Ebenen oder auch nur an der Spitze spirituelle Erleuchtung spendete und einspeiste. Andererseits bestand aber auch die Möglichkeit, dass die Macht und das Heilige nicht miteinander verbunden werden sollten, zumindest nicht auf den unteren Ebenen, da sich Macht und deren Ausstrahlung allein aufeinander bezogen und nicht auf das Oberste Nichts, dem etliche spirituelle Ebenen vorangingen und zu dem keine direkte, geradlinige Verbindung bestand. So konnte das Mysterium gewahrt werden und ein etliche Stufen umfassender, Erleuchtung emanierender Metabolismus in Gang gehalten werden, der geistige Energie unter Ermöglichung von Erkenntnis und Leben kaskadenartig aus einer geordneten in eine weniger geordnete Form überführte.

In Mataram ging es darum, durch die Ausstrahlung der Macht mittels dramatischer Inszenierung die sinnstiftende Ordnung im Theaterstaat zu vergrößern (Vgl. Ebenda, S.63). Nicht das Regieren stand an erster Stelle, also die Anpassung von Ordnung an gegebene Anforderungen, sondern ihre Schaffung und statische Aufrechterhaltung mittels Darbietung genuin javanischer Inhalte durch Priester, Adelige und den Herrscher für den Rest der Bevölkerung. Das höfische Leben wurde als Abglanz des Schattenspiels (Wayang kulit) inszeniert, inspiriert von den zwar höheren, aber nichtsdestotrotz abgezirkelten Wahrheiten des Mahabharata. Mit dessen Symbolik und Wertesystem konnte sich die Bevölkerung in ihren täglichen Erfahrungen identifizieren, denen so eine tiefere Bedeutung zugeordnet wurde. So wurde für die Bevölkerung Ordnung, Halt und Orientierung erzeugt, und der Herrscher und sein Hof, der von der landwirtschaftlichen Überschussproduktion der Bauern lebte, wurden derart legitimiert. Denn im javanischen Denken nahmen Ordnung und Hierarchien eine zentrale Rolle ein, und alles, was außerhalb geordneter Bahnen verlief, barg Gefahren. So musste alles dafür getan werden, dass Ordnung und Kontinuität garantiert wurden, weil sich unter einer scheinbar ruhigen, ausgeglichenen Oberfläche starke, und wenn sie letztere zu durchbrechen vermochten, auch destabilisierende, Kraftströme verbergen konnten (Vgl. Mulder 1998, S.141). Nur durch Einhaltung vorgegebener Regeln konnten Ungleichgewichte und daraus resultierende Destabilisierung im tropisch freundlichen, aber vulkanisch geprägten Java im Zaum gehalten werden.

Die zunehmend dominante Rolle der Niederländer auf Java, und die Zerschlagung vom Mataram als eigenständiges Machtzentrum im 18. Jahrhundert brachte dieses System ins Wanken, und wenn auch patriarchalische Autoritätshörigkeit, Nirwanaverehrung und ein leeres Bild des Heiligen weiterbestanden, so entwickelten sich die Protagonisten des Theaterstaates von teilweise wankelmütigen, notorisch entscheidungsschwachen, dafür oft umso grausameren Akteuren zu Funktionären der Kolonialmacht.

Nach dem Massaker an den Chinesen in Batavia von 1740, auf das noch eingegangen wird, zog ein Teil der überlebenden Chinesen Richtung Osten und nahmen Rache an den Europäern der Faktoreien in Orten der Nordküste Javas wie Rembang und Juwana. Schließlich belagerten sie Semarang. In dieser Situation der Bedrängnis für die Niederländer erklärte der Susuhunan von Mataram, Paku Buwono II, seine Unterstützung für die Rebellen, und nahm in einem Handstreich den Garnisonsstandort der VOC in seiner Residenzstadt Kartasura ein, wobei er die niederländischen Offiziere umbringen ließ. Dann konnten die Niederländer Semarang jedoch entsetzen, wobei sie von Maduresen unterstützt wurden. Nachdem sich so das Schlachtenglück gewendet hatte, schloss der Susuhunan Frieden mit der VOC. Er wurde daraufhin von den Chinesen und einigen seiner eigenen Gefolgsleuten, die der Hass auf die Niederländer antrieb und einte, aus Kartasura vertrieben. Da dann Streitigkeiten zwischen den Chinesen und den javanischen Führern der Rebellion ausbrachen, konnte der Susuhunan Ende 1742 mit Hilfe der Maduresen und der Niederländer wieder zurückkehren. Dafür, und für seinen Verrat, zahlte er einen hohen Preis: Im Vertrag von 1743 musste er zu Gunsten der VOC auf die ganze Nordküste Javas und auf Madura verzichten. Auch gab er seine Hauptstadt auf und baute einen neuen Kraton in Surakarta auf. Die Maduresen aber sahen sich in ihrer Hoffnung auf Unabhängigkeit betrogen und konnten erst nach schweren Kämpfen durch die Niederländer unterworfen werden (Vgl. Hall 1981, S.357f). 1755 besiegelte die VOC im Vertrag von Giyanti die Teilung Matarams in die Fürstentümer von Yogyakarta und Surakarta, womit sich die javanischen Herrscher endgültig zu Vasallen der VOC gewandelt hatten. Die Niederländer hatten sich letztendlich ihre Position an der Spitze des Herrschaftsgefüges Javas in einem Umfeld erkämpft, das sehr viel mehr als in Europa von Instabilität gekennzeichnet war.

Portugiesen und Niederländer im Archipel

Sunda Kelapa hatte bis 1527 zum Pajajaran Reich gehört, wurde dann durch den Feldherren Fatahillah des islamischen Sultanats Demak erobert, in Jayakarta umbenannt, und ging danach in den Besitz des Sultanats von Banten über, bevor schließlich die Niederländer unter Jan Pieterszoon Coen 1619 die Stadt eroberten und in Batavia umbenannten (Vgl. Raffles 1988, S.139). Im Archipel in Erscheinung getreten waren die Niederländer erstmals 1596, und hatten in Banten eine Faktorei, also einen Handelsposten, gegründet. Sie sollten schließlich als Kolonialherren bis zum 27. Dezember 1949 bleiben, als die niederländische Fahne vor dem Gouverneurspalast in Batavia eingeholt wurde, das von nun an als Jakarta die Hauptsstadt des neuen Staates Indonesien wurde.

Zunächst aber errichteten die Niederländer nach dem Vorbild Amsterdams auf den Ruinen Jayakartas eine Stadt, die planmäßig von Kanälen durchzogen war, und eine chinesisch-niederländische Reihenhausarchitektur mit dicken Mauern und kleinen Fenstern aufwies. Die damals gängige Ansicht war, dass Malaria (aus dem Lateinischen für schlechte Luft) von den Dämpfen der Nacht kam, die man am besten fernhielt, indem man sich über Nacht in Häuser mit dicken Mauern zurückzog und die Fenster schloss. Die Erkenntnis, dass Malaria mit stehenden oder nur träge fließenden Gewässern zusammenhing, wie etwa den Kanälen Batavias, kam später, so dass die Niederländer erst zu Beginn des 19. Jahrhunderts damit begannen, die Altstadt Batavias nieder zu reißen, und mit dem Bauschutt die Kanäle auffüllten. Aber es lauerten noch andere Gefahren in den Wäldern um Batavia: Dort trieben im 17. Jahrhundert noch Tiger und Nashörner ihr Unwesen, und in den Flüssen und selbst in Batavias Kanälen kamen vereinzelt Krokodile vor. 1659 töteten Tiger in der Nähe der Stadt 14 Holzsammler, und 1692 beispielsweise flüchteten sich drei europäische Neuankömmlinge vor einem großen und offenbar sehr hungrigen Krokodil aus dem Kanal auf den in der Nähe stehenden Galgen. Trocken bemerkte ein Chronist dazu: „Zum ersten Mal habe ich gehört, dass der Galgen Menschenleben rettete." (Vgl. Heuken 1989, S.150).

Im Vergleich zu den Niederländern gaben die Portugiesen in Sunda Kelapa als Verbündete des Pajajaran-Reiches nur ein sehr kurzes Zwischenspiel: Nach einem ersten Kontakt im Jahr 1513 schlossen sie 1522 einen Freundschaftsvertrag mit dem Pajajaran-Reich, der ihnen den Bau einer Festung erlaubte. An diesen Freundschaftsvertrag erinnerte ein 1918 bei Bauarbeiten entdeckter Padrao, ein Gedenkstein, der im Nationalmuseum in Jakarta besichtigt werden konnte. Als die Portugiesen aber 1527 nach Sunda Kelapa zurückkehrten, mussten sie feststellen, dass Fatahillah die Stadt unterdessen erobert hatte (Vgl. Heuken 1989, S.11). Die Portugiesen hatten seit Anfang des 16. Jahrhunderts damit begonnen, sich in Süd- und Südostasien festzusetzen. Nach der Entdeckung des Seewegs nach Indien durch

Vasco da Gama im Jahr 1498 begründeten sie 1505 sie im westindischen Küstenort Cochin das Vizekönigreich Portugiesisch-Indien, das später in Estado da Índia umbenannt wurde, und die Keimzelle für ein von Mozambique über Malaysia und Indonesien bis nach Macao und Japan reichendes Netz portugiesischer Stützpunkte und Handelsposten wurde, die selten über ein größeres Hinterland verfügten. Ihre japanische Niederlassung mussten die Portugiesen 1637 räumen. 1510 wurde Goa an der Westküste Indiens der Hauptort des Estado da Índia, 1752 schied Mozambique aus dem Verbund aus und erhielt eine eigene portugiesische Kolonialverwaltung, und des gleichen wurden 1844 Macao, die kleinen Sundainseln Solor und Timor ausgegliedert, so dass sich der Estado da Índia von da an auf die südwestindische Malabarküste beschränkte. Trotz seiner großen Bedeutung für den Welthandel dürfte der Estado da Índia auf dem Höhepunkt seiner Machtentfaltung nie mehr als etwa 10.000 aus dem Mutterland stammende Portugiesen gezählt haben, allerdings ein vielfaches dessen an sich zum Katholizismus bekennenden Afrikanern, Indern und Eurasiern (Vgl. Van Goor 1999, S.146). Von 1511 bis 1641 gehörte auch die auf der Malayahalbinsel gelegene Hafenstadt Malakka zum asiatischen Stützpunktsystem Portugals. In Indonesien unterhielten die Portugiesen Festungen und Handelsposten in Pasai (1521 bis 1524) in Nordsumatra, und Banten (1545 bis 1601) in Westjava, auf Solor (1562 bis 1613) und auf Timor (1769 bis 1975) in den kleinen Sundainseln, sowie in Ambon (1528 bis 1605), Ternate (1522 bis 1574) und Tidore (1578 bis 1605) in den Molukken. Darüber

90

hinaus gab es Kontakte zu Aceh (1519), Sunda Kelapa (1522) und Banda in den Molukken (1523) (Vgl. Cribb 2000, S.105). Mit den Spaniern hatten die Portugiesen mit dem Vertrag von Tordesillas 1494 die Welt in zwei Einflusssphären aufgeteilt, so dass die Trennlinie in Indonesien entlang des 129. Grades östlicher Länge mitten durch den Zankapfel der Molukken verlief, auf deren Inseln Gewürze wie Muskat und Nelken angepflanzt wurden. Deshalb wurde 1527 zwischen beiden Mächten zusätzlich der Vertrag von Saragossa abgeschlossen, der den Portugiesen gegen eine Zahlung von 350.000 Dukaten die Rechte an den gesamten Molukken und eines Teils von Westpapua zugestand (Vgl. Ebenda, S.105).

Bis auf den Osten Timors verloren die Portugiesen aber alle ihre Besitzungen in Indonesien bald wieder, und die Vormachtstellung im Archipel sollte mit Beginn des 17. Jahrhunderts auf die Niederländer übergehen, die ihnen im Bereich der Nautik überlegen waren. Beispielsweise segelten sie vom Kap der Guten Hoffnung nicht wie die Portugiesen über die bei den Mannschaften der Schiffe große Verluste fordernde tropische Route südlich an Sri Lanka vorbei nach Indonesien, sondern über die Route in den gemäßigten Breiten der südlichen Halbkugel. Kurz vor Java schlugen die niederländischen Ostindienfahrer dann den Kurs nach Norden in Richtung ihres Hauptstützpunktes Batavia ein und minimierten so die Reisezeit, die die Schiffe in tropischen Gewässern verbrachten. Dadurch hatten sie vergleichsweise weniger Verluste zu beklagen als die Portugiesen, und das Trinkwasser und die Lebensmittel an Bord der Schiffe blieben länger frisch (Vgl. Kirsch 1994, S.136). 1601 vertrieb eine niederländische Flotte die Portugiesen aus Banten, 1605 eroberten sie die portugiesischen Festungen in den Molukken, Solor fiel 1613 und Malakka 1641 (Vgl. Cribb 2000, S.105).

Ein Grund, weshalb es den Europäern so leicht gemacht wurde, Stützpunkte in Südostasien zu errichten, lag darin, dass die einheimischen Fürsten in dieser Zeit des Umbruchs und des Wandels, in der sich der Islam ausbreitete und sich der Hinduismus mehr und mehr nach Bali und den Südosten Javas zurück gezogen hatte, auf der Suche nach starken und verlässlichen Verbündeten waren. Die Portugiesen setzten in Westjava auf das hinduistische Pajajaran-Reich als Verbündeten, die falsche Wahl, wie sich herausstellen sollte.

Auch bis an die Grenzen Südosteuropas dehnte sich der Machtbereich islamischer Herrscher aus. Nachdem 1453 das byzantinische Reich endgültig untergegangen war, und die Osmanen Konstantinopel eingenommen hatten, lag der Zwischenhandel für Gewürze größtenteils in muslimischen Händen. So wurde es für Portugal und andere europäische Seemächte lukrativ, Flotten auszurüsten und auf die ferne Reise um das Kap der Guten Hoffnung nach Asien zu schicken. Wenn auch Portugal nicht über genügend Seeleute, Soldaten und Schiffe verfügte, um sein selbsterklärtes Monopol auf den Handel mit Gewürzen durchzusetzen, so war es doch segel- und waffentechnisch den chinesischen und anderen asiatischen Handelsschiffen soweit überlegen, dass es gegen Bezahlung sogenannte Cartazas ausstellen konnte, Briefe, die ihren Inhabern für bestimmte Häfen und Routen Schutz boten (Vgl. Van Goor 1999,

S.145). So beeinflussten die Portugiesen als Schutzmacht mit ihrem Netz von Stützpunkten und den von ihnen aus operierenden Schiffen zeitweise den Handel der in Europa so begehrten Gewürze wie Muskat, Pfeffer und Nelken in ihrem Sinne.

Bei seiner Expansion in die Gewässer östlich des Kaps der Guten Hoffnung lautete der Auftrag, Christen und Gewürze zu suchen, wie Vasco da Gama es im Jahr 1498 bei seiner Ankunft in Kalikut formuliert hatte (Vgl. Ebenda, S.145). Damit war klar, dass die Portugiesen sich, anders als die rein geschäftlich orientierte niederländische VOC, auch der Verbreitung des katholischen Glaubens verpflichtet sahen. Dies war mitunter ein Grund dafür, dass die lusitanische Kultur, trotz der überwiegend nur sehr kurzen direkten portugiesischen Herrschaft in einigen Küstenorten Indonesiens doch einen vergleichsweise starken Einfluss auf die koloniale Gesellschaft speziell Batavias haben sollte, wohin viele katholische Eurasier, Bengalen und Sri Lanker nach der Eroberung Malakkas durch die Niederländer im Jahr 1641 von der VOC umgesiedelt worden waren.

Völkergemisch in Batavia und Jakarta

Während sich die portugiesischstämmigen Eurasier in Batavia mehr an den Europäern orientierten, bildete sich aus den anderen neuen Zuwanderern eine neue Bevölkerungsgruppe. Diese Mardijker Batavias, christliche freigelassene Sklaven und Menschen sri lankischer und bengalischer Abstammung, sprachen bis Anfang des 19. Jahrhunderts hinein ein portugiesisches Patois, und der Kroncong, die volkstümliche Musik der Betawis, der Bevölkerung Batavias, hatte neben arabischen und indischen auch portugiesische Wurzeln. Die arabischen Einflüsse des Kroncong gehen zurück auf die Musik der afrikanischen Berber, die vom 8. bis zum 15. Jahrhundert Teile der iberischen Halbinsel besetzt hielten. Über Goa und Malakka, wo sie neue Stilelemente in sich aufnahm, gelangte sie schließlich nach Batavia, wo hieraus der Kroncong entstand (Vgl. Knörr 2007, S.199). Die Mardijker waren ursprünglich katholischen Glaubens, konvertierten dann in Batavia meist zum Protestantismus, da ihnen die Niederländer die Ausübung ihres alten Glaubens im 17. und 18. Jahrhundert untersagten. Zudem wurde den versklavten Kriegsgefangenen aus Malakka die Freiheit angeboten, falls sie zum Protestantismus übertraten. Daher wurden sie Mardijker genannt, die Befreiten (Vgl. Heuken 1989, S.73). Das indonesische Wort Merdeka bedeutet Freiheit, also lag der Schluss nahe, dass die Bezeichnung Mardijker eine niederländische Verballhornung dessen darstellte. Das Wort Merdeka wiederum war der Sanskrit-Bezeichnung

Maharddika für reich, wohlhabend und mächtig entlehnt. In der Reihenfolge ihrer Anzahl gab es in Batavia „schwarze" Portugiesen, portugiesischstämmige Eurasier und „weiße" Portugiesen. Erstere waren malaiisch-, aber überwiegend sri lankisch- und bengalischstämmig und hatten meist nur die portugiesischen Namen ihrer Taufpaten angenommen. Die Bevölkerungsgruppe der Mardijker verschwand mit der Zeit und ging in der Pribumi-Mehrheitsbevölkerung auf, oder auch in geringerem Ausmaß in der eurasischen Bevölkerung Batavias, die zum Teil portugiesischer Abstammung war (Vgl. Knörr 2007, S.196). Ab 1798 wurde ihr Stadtteil in der Altstadt Batavias nach und nach abgerissen und die Steine genutzt, um weiter südlich in gesünderer Umgebung neue Häuser zu bauen, da Baumaterial aufgrund der Blockade durch die britischen Seestreitkräfte von 1795 bis 1811 knapp war. 1815 schließlich wurde der portugiesische Gottesdienst eingestellt (Vgl. Heuken 1989, S.82). Viele heutige indonesische Worte weisen einen portugiesischen Ursprung auf: Butter heißt zum Beispiel auf portugiesisch manteiga, auf indonesisch mentega, Schuh auf portugiesisch sapato, auf indonesisch sepatu. Auch das indonesische bendera (Fahne) weist mit bandaira eine portugiesische Wurzel auf.

Im heutigen Jakarta gibt es noch die Tugu, Nachfahren von 23 Familien von "schwarzen" Portugiesen aus Bengalen und Coromandel, die 1661 im nordöstlichen Jakarta, in Tugu, angesiedelt worden waren. Der Name Tugu bezieht sich auf einen Gedenkstein aus dem 5. Jahrhundert, der an einen Kanalbau durch hinduistische Mönche erinnerte und im Nationalmuseum in Jakarta stand. Die Tugu-Männer heirateten meist Balinesinnen, später dann auch christliche Indonesierinnen oder innerhalb der eigenen Gruppe. Die Tugu unterschieden sich von den Pribumi qua Kleidung, das portugiesische Patois, das sie früher sprachen, oft auch durch bessere Bildung, sowie Wohlstand und orientierten sich mehr an den Europäern als an der einheimischen Bevölkerung (Vgl. Knörr 2007, S.199). Sie hatten einen langen Prozess zunächst des Bedeutungsverlusts als eigenständige Gruppe durchlaufen, bevor es durch Differenzierung zu ihrer zunehmenden Integration in die jakartanische Bevölkerungsgruppe der Betawi kam. Dies bedeutete, dass in den letzten Jahren bewusst eigenes Tugu-Brauchtum wie beispielsweise der Kroncong gepflegt wurde, das dann in das breitgefächerte kulturelle Erbe der Betawi aufgenommen wurde und so mit zu einer Steigerung von deren Reputation und Legitimation als Wahrer der indigenen, einigenden Traditionen Jakartas beitrug. Die Tugu hingegen konnten derart ihrerseits als eigenständige Untergruppe der Betawi überleben.

Als kreolische Untergruppe machten die Tugu hinsichtlich ihrer Zugehörigkeit zu den Betawi aber nach wie vor den Unterschied zwischen einerseits der Herkunft, sowie andererseits sozialen und kulturellen Gemeinsamkeiten. Die Tugu fühlten sich als Betawi, betrachteten sich aber nicht zu deren Stamm gehörig (Vgl. Ebenda, S.203). Identität konnte also wachsen oder bis zu einem gewissen Grad konstruiert werden, und das hieß, zu einem auskömmlichen Miteinander gehörte auch, dass es den einzelnen Bevölkerungsgruppen selbst überlassen werden musste zu entscheiden, wo genau bei ihnen die Übergangsstelle zwischen der konstruierten Identität und der gewachsenen lag. Anfeindung oder Einschränkung mit dem Ziel der Assimilation war nicht tragfähig, und hatte in der Vergangenheit beispielsweise nach der Unabhängigkeit Indonesiens dazu geführt, dass viele Tugu in die Niederlande auswanderten, da sie der Mehrheit der Indonesier, auch aufgrund ihres christlichen Glaubens und ihrer kulturellen Besonderheiten, als niederländische Handlanger galten, und deswegen bedroht wurden. Damals, kurz nach dem Unabhängigkeitskrieg mit seinen zahlreichen Gräueln, war die Vermittlung der Gemeinsamkeiten mit der Mehrheitsbevölkerung, und der kulturellen Eigenheiten der Tugu, die sich durch eine Mischung von autochthonen und allochthonen Bestandteilen auszeichneten, nicht möglich. Genau dies war aber für das Überleben einer so kleinen kreolischen Minderheit wie den Tugu notwendig. Mit ihrem späteren Bekenntnis zu den Betawis traten die Tugu sozusagen die Flucht nach vorne an, und integrierten ihre Kultur in den größeren Rahmen derjenigen der Betawis, so dass diese Mischung aus gewachsener und konstruierter Identität ihr Überleben als Untergruppe sicherte. Heutzutage leben wieder etwa 70 Familien in Tugu, die rund 300 Personen umfassen (Vgl. Ebenda, S.198ff).

Die indigene Bevölkerungsgruppe Jakartas, die Betawis, gingen unter anderem zu einem geringen Anteil aus Eurasiern, aber auch aus Arabern, Chinesen, sowie überwiegend aus den Sklaven Batavias des 17. und 18. Jahrhunderts hervor, die sich ihrerseits auch aus Balinesen, Bewohnern von Südsulawesi und Sundanesen zusammensetzten. Somit waren die Betawi ebenfalls ihrem Ursprung nach als kreolisch einzustufen. Ebenso zeichnete sich das moderne Jakarta besonders dadurch aus, dass Ethnien aus allen Teilen des Archipels sich hier niederließen, um ihr Glück zu versuchen. Dabei unterliefen die Zuwanderer häufig einen Prozess der neuen Identitätsfindung, bei dem die ursprüngliche ethnische Zugehörigkeit naturgemäß zwar eine wichtige Rolle beibehielt, gleichzeitig aber häufig neue Merkmale einer gemeinsamen jakartanischen Identität übernommen wurden, der durch die Kultur der Betawis Authentizität verliehen wurde. Denn bei aller Heimatverbundenheit gab es ja immer einen ganz bestimmten Grund, weshalb Binnenmigranten es vorzogen, zu Hause alles aufzugeben und sich in Jakarta eine neue Existenz aufzubauen. Oft genug waren es wirtschaftliche Zwänge, die Menschen dazu brachten, dass sie ihr gewohntes, vertrautes Umfeld verließen, und sich neuen Herausforderungen stellten. Diese Offenheit führte zum einen dazu, dass die Bevölkerung Jakartas moderner und aufgeschlossener galt als die des restlichen Indonesiens, zum anderen auch dazu, dass die Betawi ihre breit gestreute Patchwork-Kultur als Gastgeber in Jakarta für Neuankömmlinge öffneten (Vgl. Ebenda, S.155). Diese griffen häufig bereitwillig die Elemente auf, deren Übernahme nicht gleich die ethnische Zugehörigkeit zu den Betawi implizierte, sondern eher allgemeine soziale und kulturelle Gemeinsamkeiten betonte. Derart orientierten sich die Zuwanderer neu und füllten so mit der Zeit die Leere, die der Verlust der alten Heimat hinterlassen hatte, die die Hoffnung auf ein gutes Leben nicht erfüllen hatte können.

Dadurch, dass die Betawi-Kultur ihrer Entstehung nach kreolisch war, offen blieb für Neues und sich ihre einzelnen verschiedenartigen Komponenten in den letzten Jahrzehnten markanter öffentlich positionierten, fiel es für die Zuwanderer leichter, dieses überwölbende Dach als einigendes Band zu akzeptieren und sich mit den nicht eindeutig ethnisch festgelegten Bestandteilen zu identifizieren. So wurde das Zusammenleben in einer von so starken sozialen Gegensätzen geprägten Stadt wie Jakarta einfacher und vor allem friedlicher, denn Alteingesessene und Zugezogene verband schließlich mehr als ausschließlich wirtschaftliche Interessen. Einheit in der Vielfalt brauchte Vielfalt, um die Einheit repräsentieren zu können (Vgl. Ebenda, S.207).

Eine weitere Bevölkerungsgruppe in Batavia waren die Chinesen. In den Anfangsjahren im 17. Jahrhundert hatten die Generalgouverneure der VOC die Ansiedlung von Chinesen in Batavia noch gefördert, die häufig Händler waren und auch rege am ertragreichen Gewürzhandel beteiligt waren. Die chinesische Bevölkerung Batavias wuchs von etwa 300 bis 400 in der ersten Hälfte des 17. Jahrhunderts auf rund 10.000 im Jahr 1740, als sich die latenten Spannungen zwischen den Bevölkerungsgruppen der Stadt gewaltsam entluden, und mehrere tausend Chinesen von Pribumis und Niederländern umgebracht wurden. 1680 waren mehr als die Hälfte der geschätzten 90.000 in und um Batavia lebenden Menschen Sklaven, zehn Prozent Chinesen, 16 Prozent christliche Mardijker und sieben Prozent Europäer (Vgl. Van Goor 1999, S.153), eine sehr gemischte Gesellschaft also, mit großen Standes- und Einkommensdisparitäten.

Die Sklaverei in Niederländisch-Ostindien wurde erst 1860 abgeschafft (Vgl. Heuken 1989, S.102). Die Gesamtbevölkerung Javas und Maduras soll sich 1815 auf gerade mal rund 4 Mio. Menschen belaufen haben (Vgl. Ricklefs 1981, S.498).

Zu dem Pogrom von 1740 mag auch beigetragen haben, dass die ethnischen Chinesen in eigenen Landsmannschaften organisiert waren und die Niederländer in Ostindien eine auf Trennung bedachte Rassenpolitik verfolgten (Vgl. Knörr 2007, S.99). Auch nahmen die Chinesen für die VOC häufig die Funktion von Mittelsmännern ein, die im Namen der Kolonialherren die Zölle erhoben, den Landerwerb regelten und die Ernten von landwirtschaftlichen Exportprodukten organisierten. So nahmen die Chinesen im sozialen Gefüge Ostindiens eine eher exponierte Position ein, während die Niederländer mehr im Hintergrund agierten. Diese Sonderstellung der chinesischen Minderheit könnte einen Grund unter mehreren dafür dargestellt haben, dass sich in wiederkehrenden Pogromen der Volkszorn gegen sie entlud. Für das Pogrom von 1740 dürfte die hohe Anzahl chinesischer Einwanderer der Anlass gewesen sein, die in chinesischen Dschunken zu Beginn des 18. Jahrhunderts in Batavia anlandeten. Sie fanden nicht alle eine bezahlte Beschäftigung, so dass sie sich teilweise zu Banden zusammenschlossen und plündernd durch das ländliche Gebiet um Batavia zogen. Also beschloss die VOC, Arbeitslose zu verhaften und auf Schiffen nach Sri Lanka zu bringen. Doch schnell machte das Gerücht die Runde, dass die Niederländer die Deportierten tatsächlich auf hoher See über Bord gehen ließen, so dass verzweifelte Chinesen bewaffnete Banden bildeten und die Außenwerke Batavias angriffen (Vgl. Heuken 1989, S.49). Innerhalb der Stadtmauern hingegen blieb es friedlich, aber trotzdem ließ Generalgouverneur Adriaan Valckenier in dieser Situation die Häuser der chinesischen Bürger nach Waffen durchsuchen. Dies war der Funke, der das Pulverfass zur Explosion brachte, und Sklaven, niederländische Seeleute sowie Soldaten plünderten die Häuser der Chinesen und töteten gnadenlos gleichermaßen Männer, Frauen und Kinder. Als der Generalgouverneur eine Nachricht nach Peking sandte, in der er schrieb, dass es eine Rebellion gegeben hätte, bei der viele Chinesen umgekommen seien, erachtete es der Drachenthron nicht einmal für notwendig, zu antworten. So gering war im Reich der Mitte die Wertschätzung, die man Landsleuten, die ihr Glück in der Ferne als Auswanderer versuchten, entgegenbrachte (Vgl. Ebenda, S.50). Valckenier aber wurde auf seiner Rückreise in die Niederlande wegen seiner Rolle bei dem Pogrom von Kapstadt aus wieder nach Batavia gebracht, und dort in der Bastion Robijn der Festung inhaftiert, wo er 1751 verstarb. Ironischerweise hatte Valckenier dort einige Jahre zuvor den Hauptmann der chinesischen Landsmannschaft in Batavia, Ni Hoe Kong, mit seiner Familie grundlos gefangen halten lassen.

Nach 1740 wurde ein Teil der Chinesen vor den Stadtmauern von Batavia in Glodok angesiedelt, und die VOC errichtete für chinesische Einwanderer ein Quotensystem, das flexibel den Bedarf an Arbeitskräften reflektierte. Der andere Teil der Chinesen aber verwickelte die VOC in einen drei Jahre währenden Krieg an der Nordküste und in Mitteljava. Die Vorfahren der heutigen ethnischen Chinesen Indonesiens stammen überwiegend aus den südöstlichen chinesischen Provinzen Guangdong und Fujian. Daher sprechen viele Sino-Indonesier neben indonesisch heute noch hakka, hokkien oder kantonesisch. Sie bilden also schon qua Herkunft keine homogene Gruppe, und in Indonesien selbst differenzieren sie sich noch mal in Peranakan (gemischt), die schon seit Jahrhunderten im Land lebten, und sich teilweise mit der lokalen Bevölkerung vermischt haben, und Totok (rein), die als Vertragsarbeiter für holländische Plantagen erst im 19. Jahrhundert ins Land gekommen waren, und die weniger integriert als die Peranakan gelten. In Niederländisch-Ostindien lebten die ethnischen Chinesen bis 1919 segregiert als Landsmannschaften in eigenen Stadtteilen, je nach Größe der Gemeinden mit eigenen Leutnants, Hauptmännern oder Majoren an ihrer Spitze.

Sukarno, der erste Präsident Indonesiens, wies nach Auflösung der losen Niederländisch-Indonesischen Union im August 1954 die noch in Indonesien verbliebenen Niederländer aus und enteignete niederländische Unternehmen, die überwiegend im Plantagen-, Bergbau- und Erdölsektor des Landes tätig waren. Ab November 1959 durften keine Nichteinheimischen mehr in ländlichen Gebieten Einzelhandel betreiben, was besonders auf ethnische Chinesen abzielte, und diejenigen unter ihnen, die 1962 nicht die indonesische Staatsbürgerschaft übernahmen, mussten das Land verlassen. Dann kamen die antikommunistischen Massaker von Ende 1965 bis zum Frühjahr 1966, denen auch zahlreiche Chinesen, als fünfte Kolonne Pekings verdächtigt, zum Opfer fielen. Nach der Machtübernahme durch Suharto im März 1966 wurden Chinesen angehalten, ihre Namen zu indonesisieren, chinesische Schulen und Zeitungen wurden geschlossen, während chinesischen Heilkundigen, Sinshe genannt, die Ausübung ihrer Tätigkeit untersagt wurde.

Nordjakarta: Das ehemalige Batavia

Gerne streifte ich auch durch Glodok, die Chinatown von Jakarta, die eine ganz eigene Welt darstellte. Der Stadtteil lag östlich der Jalan Gajah Mada, die durch einen olfaktorisch außerordentlich herausfordernden Kanal mit schwarzem Wasser geteilt war. Der Name Glodok wird auf das sundanesische Wort „Golodog" zurückgeführt, was Hauseingang bedeutete, und auf die Bedeutung von Sunda Kelapa als Haupthafen für das hinduistische Pajajaran-Königreich hindeutete. In Glodok, das durchzogen war von kleinen Straßen und Gässchen, konnte man vergessen, dass man sich in Indonesien befand: Die schmalen Häuser mit ihren Balkons waren anders gebaut, mit gebogenen Giebeln, während es an jeder Ecke Nudelgarküchen und Restaurants gab, in deren Schaufenster ganze geröstete Enten und gesottenes Schweinefleisch an eisernen Haken hingen. Die Geschäfte waren schummerig, klein und verwinkelt, und davor saßen auf Holzschemeln alte Männer und spielten Mahjong oder auch Schach, oder lasen chinesische Zeitungen. Kleine buddhistische Tempel mit rot lackierten Säulen und Gebälk zwängten sich zwischen die Wohnhäuser, und in den Schreinen standen in dämmerigen Andachtsräumen mit glattpolierten dunkelbraunen Dielenböden Respekt einflößende bunt bemalte Heiligenfiguren, vor denen in sandgefüllten Messinggefäßen Weihrauchstäbchen steckten und abbrannten. Auf den Märkten des Viertels fand man chinesische Apotheken, die heilkräftige Pillen, Kräuter und getrocknetes Tierisches anboten. Hinter den Glastresen mit den Auslagen standen riesige, dunkle Holzschränke mit zig Schublädchen, aus denen die Apotheker das gewünschte Medikament zusammenmischten. In anderen Geschäften gab es lebende Frösche, Schlangen und Schildkröten in großen geflochtenen Körben zu kaufen, und es muss an dieser Stelle wohl der Verdacht geäußert werden, dass es sich nicht um Zoofachhandlungen handelte. Des weiteren gab es zahlreiche Elektronikgeschäfte, die von der Stereoanlage bis zum 1210er Plattenspieler von Technics alles führten, was das Herz begehrte.

Ich weiß nicht, wie viel von dieser kleinen Welt übriggeblieben ist, denn im Mai 1998 sollten antichinesische Unruhen kurz vor dem Rücktritt Suhartos auch Glodok erfassen, und mehrere zehntausend ethnische Chinesen flohen nach Hongkong und Singapur. Zumindest dürfte Glodok heute weniger chinesisch und mehr indonesisch geworden sein.

Ebenfalls in Nordjakarta lag der Pasar Ikan, der Fischmarkt, der sich am Ende einer Straße mit alten Lagerhäusern der VOC befand. In diesen befindet sich ein Schifffahrtsmuseum, in dem einige verstaubte Schiffsmodelle und Kanonen aus niederländischer Zeit standen. Auch ein Modell der ehemaligen Werft auf der Insel Onrust in der Jakarta Bucht befand sich unter den Exponaten.

Für die VOC arbeiteten um 1685 herum etwa 11.000 Beamte, Kaufleute, Seeleute und Soldaten, den höchsten Personalstand erreichte die Kompanie um 1750 mit 25.000 Beschäftigten. Es wird geschätzt, dass zwischen 1602 und 1795 insgesamt 973.000 Personen im

Dienst der VOC nach Asien reisten, wovon ungefähr die Hälfte keine Niederländer waren, und von dieser Gruppe wiederum die meisten Deutsche, die von den Indonesiern häufig auch Belanda Gunung genannt wurden, also Berg-Niederländer. Nur 366.900 der ausgereisten VOC-Angestellten kehrte nach Europa zurück (Vgl. van Gelder 2004, S.33). Allein im 1640 errichteten sogenannten Binnen-Hospital in Batavia starben über die Jahre 160.000 Angestellte der VOC überwiegend an Tropenkrankheiten, was der Stadt auch den wenig schmeichelhaften Beinamen „der Europäer Kirchhof" eintrug. Ein Teil der Europäer aber heiratete auch, verlängerte den Arbeitsvertrag mit der VOC, wurde Freibürger, oder reüssierte wirtschaftlich, und kehrte aus diesen Gründen nicht nach Europa zurück (Vgl. Ebenda, S.160). Die VOC musste schließlich 1798 Konkurs anmelden und wurde mit Ablauf des 31. Dezember 1799 vom niederländischen Staat übernommen (Vgl. Hall 1981, S.365).

Früher wurden in den Lagerhäusern der VOC in Batavia mit ihren dicken Gemäuern aus allen Teilen der Kolonie angelandeter Kaffee, Tee, Tabak, Kakao, aber hauptsächlich Gewürze wie Pfeffer, Muskatnuss, Zimt und Nelken zwischengelagert, bevor sie nach den Niederlanden verschifft wurden. In der Straße vor den Lagerhäusern, die zwischen 1652 und 1771 errichtet worden waren, befanden sich in den 1980er Jahren kleine Geschäfte, in denen allerlei Fischereibedarf verkauft wurde: Netze, Bojen, Schwimmwesten, Treibanker und dergleichen, und es roch herb nach Salzwasser und vor allem nach Fisch. Von der ehemaligen Stadtmauer Batavias mit ihren 23 Bastionen war vor den Lagerhäusern noch ein Stück zu sehen. Am oberen Ende der Straße stand am Becken des alten Sunda Kelapa Hafens der auf 1839 datierende rechteckige alte Wachtturm mit seinem braun gestrichenen Holzaufbau. Im Sunda Kelapa Hafen machten immer noch wie eh und je Segelschiffe, Bugis-Schoner, fest, die beispielsweise Holz von den Außeninseln nach Jakarta transportierten und Zement zurück. Nebeneinander aufgereiht lagen die weiß gestrichenen Schoner mit ihren zwei oder drei Masten und den charakteristischen Heckaufbauten mit dem Bug voran am Kai, während bienenfleißige Schauerleute die Schiffe über eingekerbte Baumstämme balancierend be- und entluden.

An der Jalan Gajah Mada, der ehemaligen Hauptachse von Batavia, befand sich das indonesische Nationalarchiv, das im ehemaligen Landhaus von Generalgouverneur Reynier de Klerck, der von 1777 bis 1780 regierte, untergebracht war. Es war 1760 auf einem großen Grundstück in damals noch ländlicher Umgebung errichtet worden, und beheimatete nunmehr eine der größten Sammlungen von Dokumenten über die VOC, die auf die Jahre zwischen 1612 bis 1811 datierten. Insgesamt rund 15.000 Dokumente verteilten sich hier auf etwa 1.800 Metern Regalfläche. Das zweistöckige Haus besaß einen rechteckigen Grundriss, im Erdgeschoss an der Vorderseite mittig eine Eingangstür, sowie je drei hohe Sprossenfenster links und rechts davon, und sieben hohe Sprossenfenster zur Straße hin im ersten Stock. Alle Fenster waren mit zweiflügeligen Fensterläden versehen. Ein Walmdach, das etwas über den Grundriss überstand, bedeckte das weiß gekalkte Gebäude, das repräsentativ, aber nicht massig, sondern luftig und leicht wirkte. Die hohen, gleichmäßig verteilten filigranen Sprossenfenster gaben dem Landhaus einen symmetrischen, wohlproportionierten Gesamteindruck, der durch die klaren viereckigen Linien des Gebäudes unterstrichen wurde. Zudem erlaubten die großen Fensterflächen Einblick in das Innenleben des Hauses, transparent den Anspruch auf Führung darstellend. Das Dach konnte sich so auch auf einem javanischen *Pendopo* wiederfinden, und schwebte durch den zwar breiten, aber schlank wirkenden, zurückspringenden Korpus des Hauses über dem Boden. Der Korpus aber war das eigentliche Verbindungsstück zwischen Himmel und Erde, da das Dach schon mehr zu ersterem gehörte.

Der Bauherr und erste Besitzer des Hauses, Reynier de Klerck, lebte von 1710 bis 1780 und hatte eine bemerkenswerte Karriere durchlaufen: Als einfacher Seemann nach Batavia gekommen, wurde er 1725 Seekadett, dann Buchhalter, Beamter, Armeeführer, bis er schließlich 1777 zum Generalgouverneur ernannt wurde. Als er nun endlich in dieses höchste zu vergebende Amt der Kolonie berufen wurde, bemerkte er hierzu etwas launig: „… wie Senf nach dem Frühstück." (Vgl. Heuken 1989, S.97).

Einkaufen, Amok und Puppenmeister

Ein Ort in Jakarta, an dem sich viele Menschen einfanden, um meist friedlich zu kaufen und zu verkaufen, war der Pasar Cikini, der Cikini Markt. Hier war ich öfter mit meiner Mutter zum Einkaufen, und um einen gerade mal zweistöckigen beigen Flachbau verteilten sich Marktbuden, zwischen denen überdachte Gassen verliefen. An den Buden wurde allerlei feilgeboten: Es gab Goldgeschäfte, natürlich Gemüse-, Obst- und Gewürzstände, eine Halle für die Fleischer, die auf weiß gekachelten Podesten ihre Frischware ausgebreitet hatten, oder die Fleischstücke an Haken gehängt hatten, die an Gestellen über ihren Ständen befestigt waren. Stände boten allerlei frischen Fisch und andere Meeresfrüchte an. Es gab Geschäfte, in denen man Naschwerk und Kekse aus großen Blechdosen erstehen konnte, sowie Korbwaren- und Antiquitätenläden. Dann auch klassische Lebensmittelgeschäfte, die von Reis, Sojasoße, Margarine, großen Wasserflaschen, Tee, Kaffee, *Krupuk*, bis hin zu Erdnusscrackern und Kondensmilch alles führten, was das Herz begehrte. Dazwischen gab es verschiedene Warungs, an denen Bakmi Bakso, Padang-Essen, *Nasi Campur* und sonstige Leckereien für den kleinen und großen Hunger angeboten wurden. Teilweise handelte es sich nur um zweirädrige Karren mit einem Kessel für die Nudeln und die Fleischbällchen, einer Plastikplane und einer Holzbank, manchmal auch um richtige kleine Lokale mit Glasvitrinen, in denen die Speisen zur Auswahl in großen Schüsseln standen. Der ganze Markt

war äußerst geruchsintensiv, man ahnte gar nicht was
für Fähigkeiten in seiner Nase schlummerten: Es roch
süßlich nach Kompost, intensiv nach Durian und anderen Früchten, nach rohem Fleisch, nach Fisch und
hier und dort natürlich auch nach Kanalisation. Haus-
frauen durchstreiften den Markt, gefolgt von Plastiktüten tragenden Hausangestellten oder gemieteten Kulis
mit Sackkarren, während die Marktfrauen lauthals ihre
Waren anpriesen. Derweil musste man sich vor Taschen-
dieben in Acht nehmen und aufpassen, dass man nicht
in eine verfaulte Tomate trat, die am Boden lag. Streu-
nende Katzen schließlich rundeten das Bild ab.

Außerdem war ich in Jakarta oft in Blok M. Dieses
Einkaufs- und Vergnügungsviertel liegt in Südjakarta
und umfasst mehrere Straßenzüge mit Geschäften, Lokalen und Diskotheken um das Einkaufszentrum Aldi-
ron Plaza herum. Hier gab es zahlreiche Videotheken,
Antiquitätengeschäfte, eine Rollschuhdisko, sowie
Kassettengeschäfte, in denen Raubkopien von Veröf-
fentlichungen diverser Interpreten angeboten wurden.
Häufig deckte ich mich in Blok M etwa mit Buddy
Holly-, Chuck Berry- und Little Richard-Kassetten ein,
später fanden auch prägende zeitgenössische Stilikonen
wie Motörhead mit ihrem epochalen Werk „Rock 'n'
Roll" Eingang in meine Sammlung Frohsinn stiftender
moderner Klänge. Die ungebändigte Kraft vorwärts
preschender verzerrter Gitarren, unterfüttert mit kra-
chenden Bassläufen, einem Schlagzeug, das Vergessen
in der Geschwindigkeit suchte, und der röhrende Gesang
von Lemmy Kilmister machten diese LP zu dem Ausbruch geballter jugendlicher Kraft schlechthin. Ausdeh-

nung um ihrer selbst willen, dafür stand dieses Album. Es gab zwar eine Grenze, doch zur Entstehungszeit von „Rock 'n' Roll" war ihre Existenz irgendwo am Rande des Bewusstseins damals noch mehr eine Ahnung als eine Gewissheit.

In einem der Nachtlokale von Blok M war einer der Schüler der älteren Jahrgangsstufen als Barmixer gelandet, nachdem seine indonesische Freundin schwanger geworden war, und er sich seinen Eltern gegenüber geweigert hatte, das Mädchen zu verlassen. Daraufhin setzten ihn seine Eltern kurzerhand an die frische Luft. Ich weiß nicht, was aus ihm und seiner kleinen Familie geworden ist und wie lange er den Job gemacht hat, aber sein Beispiel zeigte mir, dass das Pflaster der Straße hart sein konnte, wenn man nicht aufpasste. Eine andere Lektion, die ich in Blok M lernte, war, mich generell von großen, aufgeregten Menschenansammlungen fernzuhalten. Eines sonnigen Tages spazierte ich nichts Böses ahnend zu meinem angestammten Kassettengeschäft, als ich vor mir auf einmal den Ruf „Maling!" vernahm, was soviel wie Dieb bedeutet. In rasender Geschwindigkeit pflanzte sich der Ruf fort, und wo vor kurzem noch Basaratmosphäre mit geschäftigem Handeln und Feilschen an Ständen mit Postern, Schuhen, Textilien, Büchern oder auch Springmessern und Schlagringen vorgeherrscht hatte, bildete sich plötzlich ein brodelnder Kessel von Menschen um eine am Boden liegende Person herum, die mit erhobenen Armen versuchte, ihren Kopf vor den Schlägen und Tritten zu schützen, mit denen sie von der entfesselten Menge traktiert wurde. Ehe ich mich versah, war ein Volksauflauf entstanden, und uniformierte

Wachleute aus den umliegenden Geschäften stürmten heran, um die Menge mit Schlagstöcken auseinander zu treiben. Wie die Sache für den vermeintlichen Dieb ausgegangen ist, weiß ich nicht, dazu war die Lage zu unübersichtlich.

In Indonesien war man im Alltag, vor allem auf Java, höflich und lächelte viel potentiellen Konfliktstoff einfach weg, da man ständig mit Menschen kommunizierte: Es gab beispielsweise keine Parkautomaten, sondern Parkwächter, man kaufte etwas bei einem der kleinen Straßenhändler ein, sei es etwas zu trinken, wie einen Eistee gegen den Durst, oder auch am Warung Zigaretten oder etwas zu essen, wie Erdnüsse, Krupuk oder Pfannküchlein. Da war Freundlichkeit mehr noch eine wichtige Kommunikationsstrategie als im individualistischeren Deutschland. Das hatte allerdings auch zur Folge, dass dieser allgegenwärtige Druck, immer höflich zu allen zu sein, aus einem nichtigen Anlass heraus schlagartig ins Gegenteil umschlagen konnte. Dann gab es kein Halten mehr, und der ganze angestaute Frust über jahrelang klaglos weggesteckte Demütigungen im Alltag und in der Arbeit entluden sich kurz, aber heftig: Amok ist ein indonesisches Wort. Deshalb lernte ich schon damals in Blok M, mich von jeglicher Art von Hexenjagd fernzuhalten, denn unterliegende Ursache und auslösendes Moment der gewalttätigen Handlungen mochten nichts miteinander zu tun haben. Das hieß, das Opfer konnte genauso gut unschuldig gewesen sein, man wusste es nicht. Es musste nur im falschen Moment die Hand nach einem Gegenstand in der Auslage ausgestreckt haben und sich missverständlich verhalten haben. So wurde es zur Zielscheibe einer prügelnden und tretenden Menschentraube, die sich bereitwillig einspannen ließ für die Ziele jener, die auf einmal lärmend das große Wort führten. Dabei ging die Triebabfuhr suchende Masse mit nicht anders als so zu bezeichnenden Puppenmeistern eine trügerische Mesalliance ein.

Im Javakrieg, der von 1825 bis 1830 dauerte, starben mehrere zigtausend Javaner und mehrere tausend niederländische Soldaten. Dabei handelte es sich um einen Volksaufstand, der von Prinz Diponegoro von Yogyakarta angeführt wurde, der den moralischen und sittlichen Verfall seiner Zeit sowie die Fremdherrschaft der Niederländer anprangerte. Er machte sich die im javanischen Volksglauben verwurzelte Vorstellung vom Ratu Adil zunutze, einer messianischen Heilsbringergestalt hindu-javanischer Tradition, der zufolge es verschiedene Zeitalter (Yugas) gab, deren letztes sich durch Chaos und Niedergang auszeichnete. Nach dieser Endzeit mit Naturkatastrophen und gesellschaftlichem Zerfall sollte dann der Ratu Adil die unterdrückten Massen einer goldenen Zukunft entgegenführen. Diponegoro wählte ganz bewusst Eru Cokro als Beinamen, die javanische Bezeichnung für den Messias (Vgl. Dahm 1999, S.174). Diponegoro war der älteste Sohn von Sultan Hamengkubuwono III von Yogyakarta. Da seine Mutter jedoch keine Frau des Sultans war, wurde Diponegoro bei der Erbfolge zweimal übergangen. Er betrachtete sich aber als der von der Königin der Südsee, Nyai Loro Kidul, auserwählte und rechtmäßige König von Java, so dass der folgende Krieg zum Teil auch ein Bürgerkrieg zwischen den Anhängern des Hofes von Yogyakarta und Diponegoro war, der als dynastischer Rebell betrachtet wurde (Vgl. Cribb 2000, S.114). Den Niederländern unter General de Kock gelang es schließlich, Diponegoro 1830 in eine Falle zu locken, und während laufender Friedensverhandlungen festzunehmen. Er wurde erst nach Manado auf Sulawesi verbracht, und anschließend nach Fort Rotterdam in Makassar, wo er 1855 im Alter von 69 Jahren in Gefangenschaft starb (Vgl. Wertz 2009, S.90).

Eine weitere Person, die den Ratu Adil-Mythos in Anspruch genommen hatte, war der umstrittene niederländische Hauptmann Raymond Westerling. Er war der Sohn eines niederländischen Kaufmanns und einer Griechin, und wurde am 31. August 1919 in Konstantinopel geboren, wo er auch aufwuchs. Unter seinem Kommando wurde während des Unabhängigkeitskrieges vor allem in Südsulawesi Aufstandsbekämpfung gegen indonesisch-republikanische Kräfte betrieben. Dabei zog er mit seiner Einheit, die 123 Mann umfassende Depot Speciale Troepen (DST) ins Feld. Diese Spezialeinheit brachte im Zeitraum vom 15. Dezember 1946 bis zum 15. Februar 1947 nach Westerlings eigenen Angaben 600 „Terroristen" um (Vgl. Westerling 1953, S.114), während die Zahl der getöteten indonesischen Kombattanten, Frauen und Kinder indonesischerseits mit 40.000 angegeben wird (Vgl. Geerken 2009, S.168), was aber sicherlich zu hoch gegriffen ist. Niederländische Forscher geben die Zahl der indonesischen Opfer mit etwa 1.500 an, ein deutscher Autor die Zahl der bei der Aufstandsbekämpfung ums Leben gekommenen Indonesier mit 6.000 (Vgl. Wertz 2009, S.163).

Der indonesische Unabhängigkeitskrieg war an Gräueln sicher nicht arm, und mit Westerling reagierten die Niederländer aus ihrer Perspektive auf offensichtliche, untolerierbare Verstöße gegen Ruhe und Ordnung in ihrem Einflussbereich. Westerling selbst beschrieb in seinen Memoiren einerseits, wie er im Society-Club von Makassar einen indonesischen Sympathisanten der Republikaner kaltblütig eigenhändig per Kopfschuss tötete (Vgl. Westerling 1953, S.100), andererseits aber auch, wie Indos und ethnische Chinesen von indonesischen Aufständischen grausam umgebracht wurden.

Er heiratete schließlich eine Indo, und am 15. Januar 1949 schied er aus dem aktiven Militärdienst aus und gründete danach in Westjava ein Transportunternehmen. Doch er sollte nicht zur Ruhe kommen, und stellte die etwa 2.000 Mann starken Angkatan Perang Ratu Adil (APRA) auf, also die Streitmacht des gerechten Königs, die sich aus ehemaligen Angehörigen der DST, der Königlich Niederländisch-Indischen Armee (darunter auch einigen Europäern), der Tentara Nasional Indonesia (TNI, Nationale Armee Indonesiens), ethnischen Sundanesen sowie fanatischen Moslems (Vgl. Geerken 2009, S.170) zusammensetzte. Dabei war ihm seine türkische Herkunft nützlich, da der Ratu Adil-Mythos mit dem Sultan von Ngerum ebenfalls eine türkische Komponente aufwies. Westerling stellte dann der indonesischen Regierung am 5. Januar 1950 ein Ultimatum, in dem er innerhalb von sechs Tagen die Anerkennung der APRA als offizielle Polizei des Staates Pasundan forderte, die Einstellung der antiföderalistischen Propaganda durch die Regierung, sowie auch der „terroristischen" Aktivitäten ihrer Truppen (Vgl. Westerling 1953, S.173). Indonesien war am 27. Dezember 1949 von den Niederlanden als die Republik der Vereinigten Staaten von Indonesien anerkannt worden, ein komplexes föderalistisches Konstrukt aus der Republik Indonesien, sechs Staaten, neun autonomen konstitutionellen Einheiten und vier weiteren Regionen. Dieses Gebilde wiederum sollte Teil einer dezentralisierten Niederländisch-Indonesischen Union werden (Vgl. Cribb 2000, S.160). Präsident Sukarno löste dann jedoch die Republik der Vereinigten Staaten von Indonesien am 17. August 1950 auf und rief stattdessen die mehr zentralistische Republik Indonesien ins Leben, während er die Niederländisch-Indonesische Union schließlich im August 1954 auflöste.

Die indonesische Regierung reagierte nicht auf Westerlings Ultimatum, so dass er damit begann, seinen Plan umzusetzen, der vorsah, Jakarta und Bandung anzugreifen, die Regierung Sukarnos zu stürzen und ein neues, stärker föderalistisch orientiertes Interimskabinett unter Sultan Abdul Hamid II von Pontianak einzusetzen. Dabei sollten Kasernen, Polizeistationen und Rundfunkstationen besetzt werden. Bandung konnte Westerling am 23. Januar 1950 in seine Hand bringen, wobei 94 Soldaten der TNI-Division Siliwangi ums Leben kamen, doch er scheiterte an der Inbesitznahme Jakartas, und TNI und Polizei stellten rasch wieder die Ordnung her. Westerling aber floh mit Unterstützung der niederländischen Behörden, die nach außen hin den versuchten Staatsstreich verurteilten, im Februar 1950 nach Singapur. Schließlich ließ er sich in den Niederlanden nieder, wo er 1987 als Antiquar starb, ohne je belangt worden zu sein. Ein indonesisches Auslieferungsbegehren wurde abgelehnt. Es wird angenommen, dass Westerlings Aktion den Untergang der Republik der Vereinigten Staaten von Indonesien zwar nicht verursacht hat, wohl aber beschleunigt (Vgl. Kahin 1952, S.456), was er so wohl nicht beabsichtigt hatte. Verbindungen zum radikalen Darul Islam (Haus des Islam) hat Westerling bestritten, allerdings zugegeben, dass Einheiten des Darul Islam mit ihm im Felde standen. Er selbst war dem Islam zumindest zugeneigt. Die indonesische Regierung warf Westerling und dem Darul Islam vor, in Westjava einen islamischen Staat gründen zu wollen (Vgl. Der Spiegel 1950, S.20). Die Kampfgruppen des Darul Islam konnten in Westjava erst mit der Verhaftung des Anführers Sekarmadji Maridjan Kartosuwirjo im Juni 1962 und seiner sukzessiven Hinrichtung im September 1962 zerschlagen werden, in Südsulawesi gingen die Kämpfe zwischen TNI und dem Darul Islam sogar bis Februar 1965 weiter. Das zentrale Anliegen des Darul Islam, nämlich die Schaffung eines Negara Islam Indonesia, also eines Islamstaats Indonesien, soll in einem losen, informellen Netzwerk bis in die jüngste Vergangenheit überlebt haben.

In der Nacht vom 30. September 1965 kam es zu einem angeblich kommunistischen Putschversuch, bei dem die Putschisten unter dem Kommandeur der Präsidentengarde Tjakrabirawa, Oberst Untung, sechs führende westlich orientierte Generäle der indonesischen Streitkräfte umbrachten. Drei Generäle wurden bei dem Versuch der Gefangennahme getötet, die anderen drei wurden in die Nähe des Luftwaffenstützpunktes Halim gebracht und in Lubang Buaya (Krokodilloch) erschossen. Man wollte so einem gegnerischen Coup d'état zuvorkommen, bei dem Präsident Sukarno am 5. Oktober 1965 entmachtet werden sollte. Die genauen Umstände jener Vorkommnisse sind bis heute unklar (Vgl. Geerken 2009, S.264f). Kurz nach dem versuchten Staatsstreich verkündete der prowestliche Generalleutnant Suharto, dass ein Versuch der Machtübernahme durch die Kommunisten vereitelt worden sei. Schnell machten Gerüchte über grausame Folterung und Verstümmelung der sechs Generäle die Runde, deren Leichen in einem Brunnen gefunden worden waren. Daraufhin kam es zu Unruhen in Aceh, Mittel- und Ostjava sowie in Bali, die bis zum Frühjahr 1966 anhielten, und bei denen mehrere hunderttausend Menschen, überwiegend Kommunisten, aber auch ethnische Chinesen, von islamischen Milizen und Teilen der Streitkräfte umgebracht wurden. Kleine Nachbarschaftsstreitigkeiten wurden so tödlich geregelt, Landadelige entledigten sich ihrer aufsässigen Bauernschaft, und die Täter mussten sich nie vor einem Gericht verantworten. Auf der Götterinsel Bali mit seinen so sanftmütigen, in jedem Lebensaspekt so auf Harmonie bedachten Menschen, wurden besonders viele Menschen grausam massakriert. Die Kommunisten hatten mit ihrem Geschichtsverständnis und ihrem Eintreten für die sozial schwachen Arbeiter und Bauern die Ordnung herausgefordert und waren verfolgt und ermordet worden. Im März 1967 ernannte das Parlament Suharto zum geschäftsführenden Präsidenten, ein Jahr später wurde er formell zum Präsidenten ernannt.

Im Jahr 1974 wurde Suharto dann mit sozialen Unruhen konfrontiert, und nur zwei Jahre später gab ein Beamter des Landwirtschaftsministeriums namens Sawito Kartowibowo an, der Ratu Adil zu sein (Vgl. Schumann 1999, S.451). Er sammelte eine große Schar von Unterstützern um sich, darunter auch etliche Prominente, und griff Suharto sehr direkt an: Konkret warf er ihm vor, gegen seinen Amtseid verstoßen zu haben und sich bereichert zu haben. Damit hatte er Suharto an seiner Achillesferse getroffen, dem zudem schmerzlich bewusst gemacht wurde, dass ihm das Wahyu fehlte, nämlich die göttliche Bestätigung seiner Macht (Vgl. Wertz 2009, S. 235). Tatsächlich ist das Original des Supersemar (Surat Perintah Sebelas Maret, Befehlsbrief vom 11. März) nicht mehr auffindbar, der am 11. März 1966 von Präsident Sukarno unterschrieben worden sein soll, und der den damaligen Generalleutnant Suharto ermächtigte, sämtliche Maßnahmen zu treffen, um Ruhe und Ordnung nach den Wirren von Ende 1965 und Anfang 1966 wieder herzustellen (Vgl. Mulder 1998, S.93). Dieser Supersemar galt als die eigentliche Übertragung der Exekutivgewalt von Sukarno auf Suharto, und der Name des Briefes wurde als Anspielung auf Semar interpretiert, den mythischen göttlichen Ahnherr der Javaner und Behüter Javas, einer Figur aus dem javanischen Schattenspiel Wayang kulit, die nur den Starken half, und deren unterstützendes Wohlwollen Suharto für sich in Anspruch genommen hatte.

Sawito Kartowibowo wurde schließlich zu acht Jahren Haft verurteilt, die später auf sieben Jahre verkürzt wurden. Er sollte sich als Vorbote von Suhartos Fall erweisen, dem letztlich auch seine Hinwendung zur Aliran Kebatinan (Strömung der Innerlichkeit) nicht geholfen hat. Diese Lehre war in den 1920ern und 1930ern entstanden und hatte hinduistisch-buddhistische und islamische Bestandteile, die zu einer speziell javanischen Mystik verschmolzen wurden. Der zufolge konnte man sich durch Askese und Meditation zwar die Kräfte höherer Mächte aneignen und auch Einblick in die Zukunft gewinnen, doch die Verbreitung von Prophezeihungen galt als mystisch sündhaft, da sie Stolz und Selbstzufriedenheit Vorschub leistete (Vgl. Mulder 1998, S.57). In der Aliran Kebatinan wurde jedes Leben auf der Erde als Teil der alles durchdringenden Einheit von Existenz begriffen, innerhalb der alle Phänomene ihren Platz hatten und in komplementärer Beziehung zueinander standen. Derart waren sie alle Teil eines großen Ganzen (Vgl. Ebenda, S.29). Wie die sichtbare Welt gleichsam der Schattenriss einer höheren Ordnung und Ausdruck ihrer Kräfte war, so wohnte dem Schattenspiel Wayang kulit mit seinen mythischen Stoffen, beispielsweise aus dem indischen Epos des Mahabharata, Kräfte inne, die von den politisch Mächtigen zu ihrem Vorteil genutzt werden konnten (Vgl. Ebenda, S.55). Durch die Darbietung besonders spannungsgeladener Episoden des Mahabharata wurden so kosmische Kräfte beschworen. Die Inhalte des Schattenspiels zeichneten sich auf den ersten Blick durch Bipolarität aus, doch dies nur zum Anschein, denn es ging meist keineswegs nur um den einfachen Kampf zwischen Gut und Böse, sondern oft auch um eine Ambivalenz, die mehrdeutige moralische Auslegung zuließ. Die erste Erwähnung eines Schattenspiels datiert auf eine Inschrift von 907, als der hindu-javanische König

Balitung aus der Sanjaya-Dynastie des Mataram-Reiches für die Götter eine Wayang kulit Darbietung über das Leben des Pandawa Helden Bima aus dem Mahabharata aufführen ließ. Anlass war die Landschenkung für ein Kloster. Wayang kulit besaß also sakralen Charakter, und der *Dalang* beschwor mit seinen Rezitierungen Fruchtbarkeit und Gunst der Ahnen für das Reich (Vgl. Hall 1981, S.64).

Im ländlichen Java, aber auch im Umland von Batavia, gab es die Figur des Jago (Champion), der in den Dörfern Javas zu den inoffiziellen Führungspersönlichkeiten gehörte und der häufig im Kampfsport bewandert war. Dem Jago wurde außerdem auch Unverwundbarkeit nachgesagt. Er trat zwar oft als Sachwalter der Interessen von unterdrückten Bauern und kleinen Leuten auf, aber das bedeutete nicht unbedingt, dass er auf deren Seite stand. Als solcher wirkte er aber nichtsdestotrotz als Pendant zu den offiziellen Dorfoberhäuptern. Jago bedeutete auch Kampfhahn, und dies wies auf seine animalischen, dunklen und dämonischen Eigenschaften hin, denn ein Kampfhahn kämpfte in einer Arena, gewann entweder, starb oder wurde zumindest schwer verwundet, womit der kannibalische Hunger der Dämonen nach Blutopfern gestillt wurde (Vgl. Sindhunata 1992, S.104). Von den niederländischen Kolonialherren wurden die Jagos häufig nur als Unruhestifter und Bandenführer betrachtet, was ihre Attraktivität als Anführer in den Augen der leidenden Landbevölkerung aber nur erhöhte. Der Jago wurde somit häufig als Ratu Adil Gestalt von den unzufriedenen Bauern akzeptiert, und forderte derart entweder die Mächtigen heraus, oder stellte sich in ihre

Dienste. Chinesen, javanische Könige und auch die Niederländer, sie alle nutzten Jagos als Informanten, Handlanger oder Söldner (Vgl. Wertz 2009, S.76). Insofern war die Figur des Jago ambivalent: Oft außerhalb der Ordnung stehend, und doch manchmal auch ein Teil von ihr, Täter und Opfer zugleich.

Eine mögliche Quelle des Ratu Adil-Mythos sind die Ramalan Jayabaya (Prophezeihungen des Jayabaya). Diese wurden König Jayabaya zugeschrieben, der von 1135 bis 1157 über das hinduistische Kediri-Reich auf Java herrschte, und als ausnehmend guter, gerechter und weiser Regent galt. Tatsächlich dürfte der Text, von dem es mehrere Versionen gibt, aber sehr viel später entstanden sein, etwa Mitte des 18. Jahrhunderts und Anfang des 19. Jahrhunderts (Vgl. Sindhunata 1992, S.256). Es wurde in dem Prolog der Schriftstücke beschrieben, dass ein hochgestellter Geistlicher aus dem Land Ngerum, welches das Osmanische Reich gewesen sein könnte, nach Java kam. Hier unterrichtete er König Jayabaya im Geheimwissen des Buches Musarar und der König trat zum Islam über. Das dies nicht stimmen konnte, da der Hinduismus zu jener Zeit in Java noch in voller Blüte stand, ist zweitrangig. Wichtig war für die Autoren die Legitimation, die ihre prophetischen Schriftstücke dadurch erhielten, dass sie den Namen eines so angesehenen Königs wie Jayabaya trugen. König Jayabaya, so der Teil der Prophezeihungen in den Texten, besuchte eines Tages mit seinem Sohn den javanisch-islamischen Geistlichen Ki Ajar Subrata, der ihm sieben Gerichte auftischte. Hierauf erdolchte ihn der Fürst mit seinem *Kris*, denn diese sieben Speisen symbolisierten das Geheimnis der Geschichte, dessen Preisgabe verboten war. Durch das Opfer Ki Ajar Subratas aber musste König Jayabaya das Geheimnis der Geschichte in seinen Prophezeihungen darlegen (Vgl. Ebenda, S.284f). Macht- und Herrschaftszerfall gingen zwangsläufig mit fortschreitender Zeit einher, und die Benennung dessen forderte die bestehende Ordnung heraus, deren Machtanspruch nach javanischer Auffassung unantastbar war. Verschiedene Zeitalter und Königreiche sollten entstehen und vergehen, bis Eru Cokro kam, unter dessen Herrschaft Wohlstand herrschen sollte. Das bedeutete, dass gemäß der Ramalan Jayabaya seit der Ermordung Ki Ajar Subratas jede Herrschaft ihrem Untergang entgegen schritt, damit schließlich der Ratu Adil erscheinen konnte. Der Ratu Adil-Mythos wiederum war eingebunden in die Sage des Sultans von Ngerum, der über *Tanah Rum*, das Osmanische Reich, herrschte, und der die Urbarmachung von Java in vorgeschichtlicher Zeit befahl und als Stifter von Kultur und Zivilisation in Erscheinung trat (Vgl. Ebenda, S.311ff). Später, in Zeiten der Bedrängnis Javas durch die Besatzungsarmee von Nusa Prenggi (Niederlande), kam der Sultan von Ngerum zur Hilfe und ernannte einen Ratu Adil für Java, nämlich Prabu Asmarengkung. Die Verbindung von Tanah Rum mit dem Osmanischen Reich und dem Islam wird als spätere Entwicklung beurteilt, nachdem der Islam auf Java Einzug gehalten hat. Es gab also den verschiedenen Quellen nach zu urteilen während eines bestimmten Zeitabschnitts in ferner Vergangenheit nach Java Zuwanderung aus dem Westen, wobei die Kolonisatoren ihre Schrift und Kultur mitbrachten.

Der Ratu Adil-Mythos ist aufgrund seiner gesellschaftskritischen, revolutionären Komponenten bis in die Gegenwart politisch brisant. Diese kurze ausschnittartige Betrachtung zeigt, dass der Mythos in der Vergangenheit in wirtschaftlich und politisch instabilen Zeiten immer wieder für politische Zwecke eingesetzt wurde, sei es, dass Protagonisten nur vorgaben, der Ratu Adil zu sein, oder tatsächlich glaubten der berufene Messias zu sein. Letztendlich scheiterten viele dieser selbstberufenen Heilsbringer, was ihre Attraktivität in den Augen ihrer Anhänger aufgrund des häufig damit verbundenen Martyriums aber nicht unbedingt schmälerte. Im Gegenteil machte das Scheitern einer Ratu Adil-Gestalt dessen Bewegung in einigen Fällen erst stark. Nicht von heute auf morgen, sondern auf lange Sicht.

Bali, Insel der Götter und Dämonen

In all den Jahren, in denen wir in Indonesien lebten, besuchte ich mit meinen Eltern und meinem Bruder Paul auch sicherlich sechs oder sieben Mal Bali. Die Götterinsel hatte damals in den 1980er Jahren noch ihren ganz eigenen Flair. Mit manchen Orten, an denen ich in der Vergangenheit war, assoziiere ich auch in meiner Erinnerung automatisch einen Geruch. Für ganz Indonesien war das der weihnachtlich anmutende Duft der *Kretek*-Zigarette, für Bali der Geruch von Räucherstäbchen, die allen Ortens, auch in Autos, in kleinen, viereckigen, aus Palmenblättern geflochtenen Opferschälchen mit etwas Klebreis, einem Keks und einer Frangipani-Blüte vor sich hin brannten und ihren Wohlgeruch verströmten. Gleich nach der Ankunft am Ngurah Rai Flughafen schlug den Reisenden ihr Duft entgegen und versetzte sie in eine andere, damals noch weniger hektische, sonnige und hinduistisch geprägte Welt, in der alles und jeder seinen Platz in der Ordnung hatte. Vor Brücken standen Wächterfiguren, gekleidet in schwarz-weiße, das ewig widerstreitende Gute und Böse repräsentierende Sarongs, die von den Autofahrern kurz mit der Hupe begrüßt wurden, und jedes Haus hatte seinen eigenen kleinen Altar, vor dem die Opfer dargebracht wurden. Kurzum, Bali bedeutete für mich damals noch Entschleunigung und Eintauchen in eine Welt, deren Spiritualität im Alltag sprichwörtlich greifbar war. Die Gebäude durften nicht höher als die Palmen in den Himmel ragen, und das Hotel, in dem wir in Nusa Dua zumeist abstiegen, hatte in seinem parkähnlichen Garten einen eigenen hinduistischen Schrein unter einem Waringin-Baum.

Die meisten Grundstücke und Tempel in den Dörfern umgab eine hohen Mauer, die mehr als nur ein architektonisches Detail war, sondern vielmehr Ausdruck der inneren Einstellung der Balinesen, deren Leben in starkem Ausmaß von Regeln und Organisationen bestimmt wurde, ohne die sie sich schutzlos und verlassen fühlten. Außerhalb des von der Mauer umhegten Hauses mit seinen geordneten Bahnen lauerte das Chaos, begann des nächtens die Welt der Geister und Dämonen. Balinesen übernachteten daher nur ungern außerhalb ihrer eigenen vier Wände. Der balinesische Kosmos war streng eingeteilt: Die Berge und der Himmel waren die Welt der Götter, der Untergrund war das Reich der bösen Mächte und Dämonen. Dazwischen lag die Welt der Menschen. Da das Meer von der Höhenlage her betrachtet ganz unten lag, galt es als Sitz des Bösen und Ursprung allen Unheils. Nach dem gleichen Prinzip war auch der menschliche Körper in heiligere (Kopf) und unreinere (Füße) Bereiche eingeteilt.

Auch die balinesische Gesellschaft war streng hierarchisch in Kasten gegliedert. Die Triwangsa, die Dreierkaste, bildete die Adelsschicht und setzte sich aus der Priesterkaste, den Brahmanen, der Herrscher- und Kriegerkaste, den Ksatria, und der Händlerkaste, den Wesia, zusammen. Nur etwa zehn Prozent der Bevölkerung gehörten einer dieser drei Kasten an, der Rest waren Angehörige der niedrigsten Kaste, der Sudra. Anders als in Indien gab es aber keine weiteren Unterteilungen und vor allem keine Kastenlosen und Unberührbaren.

Das Dorfleben wurde von Organisationen wie dem Banjar, der Wohnviertelvereinigung, bestimmt. Beschlüsse mussten einstimmig gefasst werden und Mitglieder konnten nur Paare werden, meist folglich Ehepaare, aber auch Bruder und Schwester oder Tante und Neffe. Das Banjar organisierte die Dorffeste, die Hochzeiten und die Einäscherungen. Die Teilnahme an den meist monatlich stattfindenden Sitzungen war Pflicht, und ein Banjar konnte Mitglieder, die gegen Regeln verstießen, ächten und sogar ihr Land beschlagnahmen. Das Banjar war für viele Balinesen fast wichtiger als die eigene Familie, und die Vorstellung, aus dieser Gesellschaft ausgeschlossen zu werden, war gleichbedeutend wie sich hinzulegen und zu sterben (Vgl. Kastenholz 2001, S.22).

Eine weitere Organisation mit großem Einfluss auf das Leben der Balinesen war der Subak, der die Belange eines dörflichen landwirtschaftlichen Einzugsgebietes regelte. Diese Bewässerungsvereinigung für den Nassreisanbau regelte die Zuteilung von Wasser und den Bau von Kanälen, aber auch die Besitzübertragung oder die Neuanlage von Reisterassen, und legte außerdem den Zeitpunkt der Aussaat fest. Steuerbezirke umfassten in der Regel einen Subak. Der Vertreter des Herrschers, der Steuereintreiber, wurde zwar auch in Fragen der Koordinierung und Streitschlichtung herangezogen, aber in landwirtschaftlichen Belangen entschieden die Subak-Mitglieder selbst. Die Versammlung der Mitglieder des Subaks, die Reisfelder besaßen, traf sich einmal im Monat und wählte einen Vorsitzenden, in dessen Händen die politische Macht lag (Vgl. Geertz 1980, S.75). Politische Spannungen wurden meist zwischen den Subaks untereinander beigelegt, ohne die Beteiligung höherer Ebenen, wobei es aber auch zu spontanen Ausbrüchen von Gewalt kommen konnte. Zeichnete sich dieses Gemeinwesen auf der Ebene der Banjars und Subaks durch den Fokus auf das Dorf betreffende, landwirtschaftliche und bewässerungstechnische Fragen mit ausgewogenen sozialen Interaktionsformen aus, dominierten auf höherer Ebene am Hof des Rajas rituelle Handlungsmuster mit hoher Sprengkraft über bürokratisch-administrative, mit ausgeprägtem Hang zu Instabilität (Vgl. Ebenda, S.85).

Als Letztes waren schließlich noch die Sekhas zu nennen, Vereinigungen, die es für beinahe jeden Zweck gab. Auch das örtliche *Gamelan*-Orchester war in einem Sekha organisiert. Jede dieser Vereinigungen hatte ihre eigene Satzung, und ihren eigenen Vorsitzenden, der gegenüber anderen Sekhas versuchte, so viel wie möglich an Einfluss geltend zu machen. Die kleinste Vereinigung schließlich war die Familie, die ihren Rückzugsbereich innerhalb der Mauern des Familiengehöfts hatte. Hier waren auch Vereinsfunktionäre gehalten, höflich zu sein und sich kurz zu fassen, auch wenn es um eine wichtige Angelegenheit ging.

Bezeichnend für die Organisation auch des privaten Lebens war die Form der Anrede und der Namensgebung. Ein Balinese wurde in der Regel nicht mit seinem Eigennamen angeredet, der oft in Vergessenheit geriet, da er praktisch nie ausgesprochen wurde und nur den nächsten Verwandten bekannt war. Ein Kind erhielt erst an seinem ersten Geburtstag, nach dem balinesischen Kalender nach 210 Tagen, seinen persönlichen Namen. Im täglichen Gebrauch wurden die Namen der Geburtenfolge oder Anreden, die einen familiären Bezug herstellten, verwendet. Diese lauteten Wayan, für das Erstgeborene, gefolgt von Made, Nyoman und Ketut. Auf das vierte Kind folgt wieder ein erstes, was bezeichnend für das zyklische Denken des Hinduismus ist. Dieses zweite Erstgeborene war dem ersten in allem gleich gestellt. So wurde der Einzelne in der balinesischen Gesellschaft zwar bezeichnet, aber stets darauf hingewiesen, dass er nur in Bezug auf die Gemeinschaft und durch sie existierte (Vgl. Kastenholz 2001, S.22).

Die balinesische Sprache war Ausdruck des bestehenden Kastensystems und in ihrer Anwendung ebenfalls zahlreichen Regeln unterworfen. Im Wesentlichen gab es eine Hochsprache und eine niedere Sprache der Gemeinen. Erstere stammte von der javanischen Hochsprache ab, pflegte eine sehr blumige Ausdrucksweise und enthielt viele Sanskritausdrücke. Daneben gab es noch eine mittlere Sprache, in der kommuniziert wurde, wenn beispielsweise ein Sudra die Hochsprache der Triwangsa nicht gut genug sprach, oder die gesellschaftliche Stellung der Sprecher zueinander unklar war. Heutzutage wird diese komplizierte Situation häufig durch Verwendung des neutralen Bahasa Indonesia umgangen. Generell waren die Balinesen darauf bedacht, sich in der Öffentlichkeit immer höflich und korrekt zu verhalten. Wer sich nicht unter Kontrolle hatte, dem drohte Gesichtsverlust und damit der Ausschluss aus der Gemeinschaft. Schmerz und Verwundung wurden nicht offen gezeigt, die Kontrolle über sich zu behalten galt als oberstes Gebot (Vgl. Ebenda, S.23). Das bedeutete aber nicht, dass es im Alltag keine Aggressionen gab, sie wurden im selbstbeherrschten Bali nur anders ausgelebt und traten dann beispielsweise kanalisiert in den außerordentlich blutigen Hahnenkämpfen zu Tage, denen fast jeder männliche Balinese frönte.

Die Tänze Balis waren vielfältig und fanden an Totenverbrennungen, Hochzeiten oder nach Reisernten statt und wurden durch das dörfliche Gamelan-Orchester begleitet. Es handelte sich dabei um getanzte Dramen, die entweder religiös-magische Bedeutung hatten, oder der Darstellung historischen Geschehens dienten. So genoss man keine spannende Handlung, sondern mehr eine ästhetische Darbietung, in der jede Körper-, Arm- und Handhaltung bis hin zu den Fingerbewegungen und dem Aufschlag der Augen ihre eigene Bedeutung hatte. Einer der populärsten Tänze war der Barong-Tanz. Der Barong war eine seltsame Figur, halb zotteliger Hund, halb Löwe, und wurde von zwei Männern gespielt. Er stellte das Gute dar, und beschützte das Dorf vor der bösen alten Hexe Rangda mit ihrem verfilzten Haar, abstoßenden Hängebrüsten und säbelartigen langen Fingernägeln. Die beiden Gegner bekämpften sich mit ihren magischen Kräften, doch dem Barong konnte kein Sieg gegen Rangda gelingen, und seine Kris-Kämpfer richteten in Trance unter dem Zauber von Rangda ihre Krise gegen sich selbst. Nur der gute Zauber des Barong konnte verhindern, dass sie sich selbst verletzten, und Rangda konnte so in ihre Schranken verwiesen werden. Dieser Ausgleich zwischen Gut und Böse galt als Kernstück der balinesischen Kultur: Da die balinesische Mythologie grundsätzlich von einem Gleichgewicht der Kräfte ausging, blieb das Ende der Geschichte unentschieden.

Ein Tempelpriester erweckte die Kris-Tänzer schließlich durch Besprengen mit heiligem Wasser wieder aus der Trance, und am Ende wurde manchmal noch ein Huhn geopfert, um die bösen Geister versöhnlich zu stimmen (Vgl. Cummings et al. 1992, S.325).

Bergtour und eine Hemingway'sche Gestalt

Südwestlich von Bogor lag der Gunung Salak, ein dicht bewaldeter, erloschener Vulkan mit einer Höhe von 2.211 Metern. Er lag im Halimun Salak Nationalpark und man erreichte seinen Gipfel über schlängelnde, steinige schmale Pfade, die anfangs durch Reisfelder führten, dann durch dichten Dschungel, und schließlich durch den subtropischen Bewuchs höherer Lagen, der mit zunehmender Höhe immer niedriger wurde. Es muss wohl um 1989 gewesen sein, als ich und mein Busenfreund und Klassenkamerad Michael beschlossen, uns einer Gruppe von deutschen Expatriates anzuschließen, die planten, den Gunung Salak zu besteigen. Also trafen wir uns zur Abfahrt eines Samstages in aller Herrgottsfrühe, vielleicht gegen drei oder vier Uhr, am Hilton Hotel, wo uns ein Kollege von Michaels Mutter, die bei der Botschaft arbeitete, in seinem CJ-7 Jeep aufsammelte. Schnell ging es durch das noch menschenleere nächtliche Jakarta auf die Autobahn Richtung Ciawi, an deren Ende wir rechts abbogen, um von einem Dorf an der nordöstlichen Flanke des Berges, es muss wohl Cijeruk gewesen sein, mit dem Aufstieg zu beginnen. Gleich am Anfang verloren wir den Anschluss an die Gruppe, die von indonesischen Studenten angeführt wurde. Michael und ich waren nicht unsportlich, wir spielten Basketball und schnitten regelmäßig bei den Bundesjugendspielen gut ab, aber als knapp 15-jährige konnten wir konditionsmäßig einfach noch nicht mit den Erwachsenen mithalten. Nach drei Stunden Aufstieg ging ernüchternder Weise zudem unser Trinkwasser aus, von dem wir beide jeweils nur eine Feldflasche voll mitgenommen hatten, viel zu wenig, wie sich herausstellte. Und so rutschten wir in unseren Basketballstiefeln entlang des vom feuchten Dauernebel glitschigen Pfades den Berg hinauf. Es war eine einzige Tortur, und wir stiegen den steilen Weg immer einige Minuten bergauf, bevor wir durstig Pausen einlegten und uns so nur langsam dem Gipfel näherten. Kurz bevor wir oben ankamen, gewann der Durst so überhand, dass wir das Wasser aus Pfützen auf dem Weg tranken. Am Gipfel stießen wir dann wieder zur Gruppe, die dort ungeduldig auf uns gewartet hatte. Mehr als ein paar Schlücke Wasser wollte aber niemand für uns erübrigen, da jeder gerade genug für sich selbst einkalkuliert hatte, so dass wir beim Abstieg in der beginnenden Mittagshitze immer durstiger wurden und schon bald wieder den Anschluss an den Tross verloren. Schweißgebadet stolperten wir den Pfad bergab, und am Ende rannten wir fast, als es der abschüssige Weg erlaubte. Schließlich ließen wir den Dschungel hinter uns und erste einzelne Felder tauchten auf, gefolgt von einem Dorf, in dessen *Warung* wir als erstes etliche lauwarme Colas zu uns nahmen. Noch nie hatte ich so viel ungekühlte Cola auf einen Satz hinuntergespült! Nun hatten wir es nicht mehr eilig, und so kamen wir dann sehr verspätet bei den anderen an, die bei ihren Fahrzeugen gewartet hatten, und sich bereits ihrer verschwitzten Kleidung entledigt und umgezogen hatten. Die waren natürlich nicht sonderlich erfreut darüber, dass sie wieder auf uns hatten warten müssen, aber irgendwie hatte sich vorher niemand, auch nicht die Führer, in irgendeiner Weise für uns verantwortlich gefühlt, so dass Michael und ich uns für den Weg vom Warung zu den Autos mit Fleiß Zeit gelassen hatten. Am Parkplatz angekommen ging es wieder in dem Jeep zurück nach Jakarta, wo wir beide dann, froh wieder zurück zu sein, am Hilton Hotel abgesetzt wurden. Hier holte uns der Fahrer Timin ab, und brachte uns nach Hause. Im Nachhinein betrachtet hatten wir Glück gehabt, an keiner Abzweigung des Pfades falsch abgebogen zu sein. Einer Gruppe indonesischer Studenten war Fortuna da weniger hold gewesen, sie kehrten von ihrem Ausflug zum Gunung Salak nicht wieder zurück und konnten auch trotz Suchaktion nicht mehr aufgefunden werden.

In der Nähe von Bogor hatte ein Arbeitskollege meines Vaters, Onkel Meyer, ein Wochenendhaus. Dieser Onkel Meyer bezeichnete sich uns Kindern gegenüber öfter als „Käpt'n Kakalafuju von der Salzgurkenküste", kam wohl tatsächlich aus Norddeutschland, und war der Typ eines gestandenen Mannsbilds ganz eigenen Schlags, den man heutzutage vielleicht mit der Bezeichnung „cooler Hund" umschreiben würde: Er ging in den Nebelwäldern in der Umgebung seines Wochenendhauses am Gunung Salak mit einem Gewehr auf Wildschweinjagd und setzte den Kollegen dann oftmals ein exquisites Gulasch vor, das seine Lebensgefährtin Tante Aan in einem riesigen Topf zubereitete. Aus irgendeinem Grund waren Onkel Meyer und Tante Aan nicht verheiratet, und lebten in einer Art wilden Ehe, wenn auch Onkel Meyer die beiden Töchter von Tante Aan aus ihrer vorherigen Beziehung, Tuti und

Jujun, an Kindes statt annahm und mit ernährte. Tuti und Jujun zählten zu unseren ersten Spielkameradinnen in Indonesien, und Onkel Meyer hatte uns 1980, als wir nach Indonesien zurückkehrten, am damaligen internationalen Flughafen Halim Perdanakusuma in Jakarta abgeholt, und uns alle als erstes gleich in den Freizeitpark von Ancol verfrachtet, wo Tuti, Jujun, Paul und ich begeistert in Kindertretautos unsere Runden drehten konnten.

Onkel Meyer war den weltlichen Freuden des Daseins, wie gutem Essen und Trinken, nicht gerade abgeneigt und dementsprechend wohlbeleibt, und zwar mehr als gesund war für ihn: So nahm er jedes Mal, bevor er in den Urlaub nach Deutschland ging, ab, um bei der Gesundheitsuntersuchung als tropentauglich eingestuft zu bleiben, und nahm dann dafür nach seiner Rückkehr nach Indonesien wieder umso mehr zu. Nachdem wir den Holden Camira bekommen hatten, übernahm er unseren Toyota Corona, an dem er eines schönen Vormittags herumschraubte, um einen kleinen Schaden zu beheben. Am Nachmittag dieses Tages setzte er sich dann vor den Fernseher, um sich ein wenig auszuruhen, wo er mit einem Mal zur Seite sackte, und sich danach nicht mehr wieder aufrichtete. Schlussendlich hatte er einen Herzinfarkt erlitten und war gestorben. Beerdigt wurde er in Jakarta, der Stadt, in der er so viele Jahre seines Lebens im Auftrag der Firma Siemens zugebracht hatte.

Tobasee und Batakland in Nordsumatra

Mitte der 1980er unternahmen meine Eltern, mein Bruder und ich eine Reise in das Batakland um den Tobasee auf Sumatra, von der noch bunte Aufkleber von Hotels auf unseren Aluminiumkoffern zeugten. Erst ging es mit dem Flugzeug nach Medan, der einstigen kolonialen Pflanzermetropole. Der Name des Flughafens, Polonia, stammte daher, dass er auf der Fläche einer Plantage angelegt worden war, die einem Pflanzer polnischer Herkunft, einem Baron Michalsky gehört hatte, der 1872 von der niederländischen Kolonialverwaltung seine Konzession erhalten hatte. Im geschäftigen, lauten und heißen Medan verbrachten wir nur kurze Zeit, und die überwiegend im Hotel Tiara, bevor die Reise mit dem Kleinbus weiterging nach Parapat am Tobasee. Dieser stellte den Einbruch eines vulkanischen Kessels dar, und war 87 Kilometer lang, bis zu 27 Kilometer breit, und um die 450 Meter tief. Auf Sumatra war dieses auf circa 800 Metern Höhe gelegene Gewässer der größte See und die in ihm gelegene Insel Samosir hatte in etwa die Größe Singapurs. Das im Westen Sumatras von Norden nach Süden verlaufende Barisangebirge war eine Auffaltung der Eurasischen tektonischen Platte, die durch die andrückende und unter ihr eintauchende Indoaustralische Platte gestaucht wurde. Das Batak-Hochland war mitsamt des Tobasees Teil einer bis zu 2.000 Meter hohen domförmigen Aufwölbung, unter der sich bis etwa zum Mittelpleistozän eine Magmakammer bildete. Vor etwa 74.000 Jahren schließlich entlud sich der angestaute

Druck über Dehnungsrisse in einer gewaltigen Eruption, als dieser Toba Supervulkan ausbrach, und den Tobasee und die ihn umgebende Landschaft in ihrer heutigen Form entstehen ließ. Diese war reizvoll, abwechslungsreich und überwiegend kultiviert, und setzte sich aus erloschenen Vulkanen um den Tobasee und dem auf 900 bis 1.500 Meter gelegenen Batak-Hochland zusammen. In Parapat, direkt am Tobasee gelegen, stiegen wir im Natour Hotel ab, wo es ein außerordentlich zähes Beefsteak mit grünen Bohnen und Kartoffeln gab. Bei dem Gericht musste es sich nicht nur vom Alter seines zugrunde liegenden Rindviechs her um ein Relikt aus der niederländischen Kolonialzeit handeln, denn sonst aß man eher Reis. Bekanntschaft machte ich in Parapat das erste Mal mit der im Vergleich zu den höflichen Javanern etwas direkteren Art der Sumatraner, als ich kurz vor dem Feierabend des Bootsverleihers unbedingt noch ein Tretboot mieten wollte und auch nicht locker ließ, als dieser mir sagte, dass er für heute schließen wolle. Diese Hartnäckigkeit war dann wohl zu viel für ihn, jedenfalls gab er mir eine Ohrfeige, die sich gewaschen hatte. Sie hat mir aber im Endeffekt nicht geschadet, im Gegenteil, denn viele Indonesier und Javaner im Speziellen ließen Kindern gerne viel durchgehen. Das lag daran, dass es in Java als ungehörig galt, sich einem Gefühlsausbruch hinzugeben und ein Kind öffentlich zu züchtigen. Wie auch immer, ich bekam diesmal jedenfalls meinen Willen nicht.

Von Parapat aus ging es dann per Motorbarkasse zu einem Ort auf Samosir mit dem schönen Namen Tuktuk, wo wir ein einfaches Hotel direkt am See nahmen und mein Vater ein Motorrad mietete, auf dem Paul und ich abwechselnd auf dem Soziussitz mitfahren durften, und wir dann gemeinsam mit unserem Vater die schmale Inselrundstraße erkundeten. Wie mein Vater bald bemerken sollte, war es um die Bremsen des Motorrads, das im Übrigen auch kein Nummernschild führte, nicht allzu gut bestellt, was den Fahrspaß nicht unwesentlich dämpfte. In der Nähe von Tuktuk lag das Dorf Ambarita, das sich durch traditionelle Batak-Architektur auszeichnete, deren Bauweise der der Torajas in Zentralsulawesi ähnelte. Zwei sich gegenüber liegende Reihen von je vier oder fünf beschnitzten, auf Stelzen stehenden Holzhäusern mit ihren charakteristischen, büffelhornförmig geschwungenen Dachfirsten umgaben in Ambarita einen mittig gelegenen Steintisch und Steinstühle, an dem der lokale König in der Vergangenheit kannibalistische Festmahle veranstaltet hatte. Das Dorf selbst war von einem Graben und einer Bambuspalisade umgeben, durch die nur ein Tor in das Dorf hineinführte.

Die Batak ließen sich grob in die Karo-Batak und die Toba-Batak unterscheiden, und waren seit Anfang des 20. Jahrhunderts überwiegend protestantischen Glaubens, während es im Norden des Bataklandes noch Animisten gab, und im Süden eine Minderheit von muslimischen Batak lebte (Vgl. Cummings et al. 1992, S.506). Lebensart und ursprünglicher Glaube der Batak unterlag hauptsächlich indischem Einfluss, auf den sich der Nassreisanbau, die Übernahme des Pferdes als Nutztier, der Pflug, das Spinnrad, das Vokabular, die Schrift und die Religion zurückverfolgen ließen. So hat beispielsweise das Batakwort für Sippe, Marga, seinen Ursprung im

Sanskrit. In der Vergangenheit pflegten die kriegerischen Batak eine stark introspektive Lebensweise, Fremde wurden als Gefahr betrachtet, und zwischen den einzelnen Dörfern gab es keine Wege. Auch der in Anbetracht des kulturellen Entwicklungsstandes der Batak so irritierende Kannibalismus sollte Fremde abschrecken und fern halten (Vgl. Loeb 1985, S.30). Aber die kriegerische Auseinandersetzung folgte Regeln: So durften Häuptlinge, Frauen und Kinder nicht umgebracht werden, es musste eine Kriegserklärung geben, kultivierte Felder durften nicht zerstört werden, und Grund und Boden konnten nicht den Besitzer wechseln. Anlass für Krieg war zum Beispiel der Diebstahl von Vieh oder Mord durch Angehörige eines anderen Dorfes. Man versuchte, der Täter habhaft zu werden, und tötete und verspeiste sie aus Rache. Bis auf einzelne Völker in Westpapua sind die Batak in ganz Indonesien das einzige Volk, das bis in die jüngere Vergangenheit dem Kannibalismus anhing, der jedoch nie in großem Ausmaß stattfand, sondern als schärfste Form der Todesstrafe. Dies implizierte, dass der Delinquent mitunter bei lebendigem Leib verspeist wurde, und früher mussten die Verwandten das Sira (Salz) und das Assam (Limetten) bereitstellen, die benötigt wurden, um das menschliche Fleisch schmackhaft zu machen. Deshalb hieß das Geld, das Blutsverwandte eines verurteilten Täters zu entrichten hatten, auch Sira-Assam (Vgl. Ebenda, S.36).

Trotz dieses Atavismus waren die Batak als Kulturvolk zu betrachten, denn sie hatten einen Kalender, eine Schrift, heilige Bücher und eine in ihren Vorstellungen detaillierte, auf dem Hinduismus beruhende Religion.

Ein Jahr hatte 360 Tage und ein Monat in der Regel 30 Tage, und je nach Bedarf wurde ein kürzerer Monat eingefügt. Die astronomischen Beobachtungen oblagen dem Datu, dem Priester. Eine Woche hatte sieben Tage, die Sanskritbezeichnungen hatten. Eine weitere Reminiszenz an den Hinduismus war die Institution des Gottkönigs, des Singa Maharadja, den alle Batak anbeteten, und dem magische Kräfte zugeschrieben wurden. Er hatte allerdings keine politische Macht, dafür glaubte man, dass ein Blick auf sein Schwert den sicheren Tod bedeutete, dass er mit geschlossenem Mund reden und monatelang ohne Essen auskommen konnte, in einen Schlaf verfallend, während dem er in Kontakt mit der Geisterwelt stand. Der letzte Singa Maharadja wurde 1907 im Kampf mit den Niederländern getötet, und seine Familie wurde christianisiert (Vgl. Ebenda, S.38). Bei den Toba-Batak gab es kleine staatenähnliche Entitäten, denen ein Raja vorstand, die sich ihrerseits aus fast unabhängigen kleineren Einheiten zusammensetzten, denen dann Häuptlinge oder Dorfoberhäupter vorstanden. Diese mussten aus der Familie des Rajas stammen. Bei den Batak gab es drei Klassen: Den Adel, die Gemeinen und die Sklaven, wobei die Sklaverei auf Samosir bis 1914 beibehalten wurde. Die Toba-Batak begruben ihre Toten, Leichen von Häuptlingen wurden auch mit Salz und Kampfer konserviert und in hölzernen Truhen oder auch in behauenen Steinsarkophagen aufbewahrt. Man glaubte, dass der Geist des Toten in der ersten Nacht in den Schamanen wanderte, durch den kommuniziert werden konnte. In Zeiten von Hungersnöten und Naturkatastrophen wurden die Knochen ausgegraben und ihnen Lebensmittel als Opfer dargebracht, damit die Ahnen aufhörten, Menschenleben zu fordern. Danach wurden sie wieder vergraben.

Die Religion der Bataks rekurrierte in vielen Punkten auf den Hinduismus, wie dem Glauben an eine Schöpfung und an Schöpfer, an verschiedene Ebenen von Himmeln und Tieropfer. Es konnten drei Vorstellungswelten abgegrenzt werden: Zunächst die kosmische Welt der Götter, dann das Konzept der Tondi, der Seele, und schließlich die Welt der Geister, Dämonen und Ahnen (Vgl. Cummings et al. 1992, S.506). Im Glauben der Batak war die Welt in drei Ebenen geteilt: die Oberste hatte sieben Sphären und war von Göttern bewohnt, die Mittlere war die Welt der Menschen, und die Unterste die der Toten, Geister und Dämonen. Wie im Christentum auch gab es so etwas wie einen Sündenfall und die Vertreibung aus dem Paradies: So glaubten die Batak, dass der Himmel früher näher an der Erde war und das die Götter regelmäßig mit den Menschen kommunizierten. Doch menschlicher Stolz zerstörte die Verbindung in die obere Welt, und seitdem wandten sich die Götter nur noch in Notzeiten den Menschen zu. Es wurde davon ausgegangen, dass irgendwann die Verbindung zwischen den Batak und ihren Hindu-Quellen abgebrochen sein muss, und dass seitdem die Mehrheit der Bevölkerung nicht mehr den Debata (Göttern) huldigte, sondern nur noch Datus, bei denen ein Teil des Wissens um Opferrituale, Gebete und Hindu-Gottheiten überdauerte (Vgl. Loeb 1985, S.75). In der religiösen Vorstellung der Batak gab einen obersten Schöpfergott, der ein blaues Huhn besaß. Dieses legte drei große Eier, aus denen die drei

Götter der Welt schlüpften: Batara Guru, Soripata und Mangalabulan. Ersterer war als Schöpfer der menschlichen Welt der mächtigste, letzterer war grausam, konnte aber auch wohlgesonnen sein, denn obwohl er schützte und half, war er gleichzeitig der Schutzpatron der Diebe und Räuber. Dem Schöpfungsmythos der Batak zufolge sprang die Tochter von Batara Guru aufgrund ihrer unerwiderten Liebe zu Mangalabulan aus der oberen Welt in das Urmeer. Eine Schwalbe überbrachte diese Nachricht Batara Guru, der daraufhin die Schwalbe mit einer Hand voll Erde zurückschickte, woraus die Welt der Menschen entstand. Dadurch wurde dem in der Unterwelt lebenden bösen Schlangengott Naga Padoha das Licht genommen, der dem wachsenden Land verärgert einen Stoß versetzte, so dass es davon trieb. Aber Batara Guru entsandte neue Erde und einen Helden, der Naga Padoha bekämpfte und ihn mit seinem Schwert an einen eisernen Block heftete. Der Schlangengott hatte nun weniger Raum um sich zu winden, doch aus seinen frühen Bewegungen entstanden die Berge und Täler, und später verursachten sie die Erdbeben. Nachdem Batara Guru die Welt geschaffen hatte, streute er Samen für Pflanzen aus und schuf die Tiere. Dann ging aus der Verbindung zwischen dem Helden und der Tochter Batara Gurus das Menschenvolk hervor. Der Held aber heiratete später eine Dämonentochter, bekam auch Kinder mit ihr, und wurde dann durch ihren Fluch getötet. Daraufhin wurde der Held von den Debata aufgenommen und in den Mond gesetzt, wohin ihm die Tochter Batara Gurus folgte (Vgl. Ebenda, S.77). Die Batak glaubten daran, das Naga Padoha sich irgendwann befreien würde und die mittlere Welt vollständig zerstören würde. Der Schöpfungsmythos der Batak weist einige Ähnlichkeiten mit dem des Hinduismus auf: So wurde Krishna ebenfalls durch den Fluch einer Frau umgebracht und dann in Wischnu reinkarniert, der einen eigenen Himmel erschuf. Die allwissende Tochter Barata Gurus erinnert an Brahmas Frau, Sarasvati, der Patronin für die Wissenschaft und die Künste. Brahma ist in dem obersten Gott personifiziert, das goldene Weltei, aus dem Brahma entstand und die Welt und die Götter erschuf, wurde zu den drei Eiern im Mythos der Batak. Batara Guru war wie Schiwa der Patron der Lehrer und Weisen. Soripata war Wischnu, dessen zweiter Name Sripati war, Mann der Sri. Allerdings war die Zuordnung Mangalabulans nicht so eindeutig.

Die Tondi (Seele) hatte zu der Götterwelt und ihrem Schöpfungsmythos keinen Bezug. Die Tondi war der Auffassung der Batak zufolge wie ein Mann, der an seinem Haus festhielt, so lange er einer Ordnung folgend lebte und genug Nahrung hatte. Der Begu hingegen, der Geist, wanderte ruhelos ohne Haus und Nahrung umher und verlangte durch ein Medium von den Menschen Opfergaben.

Eine Flussbootreise auf dem Mahakam-Fluss in Kalimantan

1990, im letzten Jahr unseres Aufenthalts in Indonesien, unternahmen mein Vater, meine Mutter, mein Bruder Paul und ich eine Reise nach Kalimantan. Zunächst ging es mit dem Flugzeug nach Balikpapan, der Ölstadt mit ihrem Hafen, an dem riesige Tanker vor Anker lagen, und der Erdölraffinerie mit ihren kreisrunden, silbern gestrichenen Tanks. Nachdem uns der Reiseführer in einem japanischen Kleinbus am Flughafen abgeholt hatte, ging es weiter in die Hauptstadt der Provinz Ostkalimantan, nach Samarinda, das an der Mündung des Mahakam-Stroms lag. Unterwegs machten wir an einem Verkaufsstand halt, an dem Durian-Früchte angeboten wurde, eine Spezialität, die es meinen Eltern besonders angetan hatte, und deren Fruchtfleisch ranzig-süß nach Walnuss und Vanille, sowie leicht nach Zwiebeln schmeckte. Nach einer kurzen Pause nebst Jause ging es weiter auf der gut ausgebauten, asphaltierten Straße nach Samarinda. Entlang der Straße gab es im Vergleich zum dicht besiedelten Java nur wenig Dörfer, dort wo der Dschungel bereits gerodet war, verloren sich einige Hühnerfarmen im Alang-Alang-Gras, an anderen Stellen reichte der dichte Urwald noch bis an die Straße.

Der Name Kalimantan bedeutet Tausend Flüsse, und war die indonesische Bezeichnung für die nach Grönland und Neuguinea drittgrößte Insel der Welt, deren Gebiet zwischen Brunei Darussalam, Malaysia und Indonesien aufgeteilt war. Die Einwohnerschaft der relativ dünn besiedelten Insel setzte sich aus den indigenen Dayak, Chinesen (überwiegend bei Pontianak siedelnd), Malaien und Javanern sowie Maduresen zusammen. Letztere beide Bevölkerungsgruppen waren überwiegend als Umsiedler im Rahmen der staatlichen Transmigrasi-Programme nach Kalimantan gekommen und lebten in den Küstengebieten, während sich die hellhäutigeren Dayak mehr ins Landesinnere zurückgezogen hatten. Der Name Dayak bezeichnet verschiedene, sich teilweise deutlich unterscheidende indigene Volksstämme Kalimantans. Die Vorfahren der Dayak, aber auch der Batak auf Sumatra und der Toraja auf Sulawesi waren die Protomalaien, die um etwa 3.000 v. Chr. aus Südchina kommend die malaiische Halbinsel und den indonesischen Archipel, darunter auch Kalimantan, besiedelt hatten. Deren spätsteinzeitliche Kultur zeichnete sich durch Brandrodungsfeldbau aus, und die Steinwerkzeuge waren noch als recht grob zu bezeichnen. Sie zähmten Schweine und Büffel und wahrscheinlich auch das Rind, fischten und jagten. Sie wohnten in Langhaus-Pfahlbauten aus Bambus und Holz, die durch Stricke aus der Rotang-Liane zusammengehalten wurden, kleideten sich in Gewändern aus Rindenbast und hingen dem Schamanismus an. Außerdem betrieben sie Kopfjagd (Vgl. Villiers 2001, S.26). Damit unterschieden sich die Dayak von den Javanern, die deuteromalaiischen Ursprungs waren. Diese Vorfahren der Javaner waren um 300 v. Chr. aus Hinterindien in das insulare Südostasien eingewandert und brachten den Nassreisanbau mit, der aufgrund des hohen Organisationsaufwands bei der Anlage der

Felder, beim Anbau und bei der Ernte als ursächlich für den vergleichsweise hohen Zivilisationsgrad Javas gilt. Proto- und Deuteromalaien bilden mit anderen Völkern zusammen die Sprachfamilie der Austronesier, die vom Himalaja bis zu den Osterinseln, und von Madagaskar bis Hawaii anzutreffen ist. Andere Forschungen gingen davon aus, dass die Vorfahren der Austronesier ab etwa 4.500 v. Chr. von Südchina aus zunächst Taiwan, dann die Philippinen und schließlich um 3.000 v. Chr. Indonesien besiedelten (Vgl. Cribb 2000, S.30).

Samarinda war von der holzverarbeitenden Industrie und dem breiten Mahakam-Fluss geprägt, an dessen Ufer sich die teils auf Pfählen errichteten Häuser der Stadt verteilten. Der träge dahin fließende, breite Strom wurde als Marktplatz, Transportweg, Toilette, Badeort und Waschplatz genutzt, alles räumlich sehr nah beieinander. Geschäftig handelnde Marktfrauen mit geflochtenen, kegelförmigen flachen Hüten, die vor der Sonneneinstrahlung schützten, saßen in ihren Booten und priesen ihr frisches Obst und Gemüse an. Wir verweilten aber nicht lange in der Stadt am Fluss, sondern wurden zu einem Anleger gebracht, an dem ein weiß gestrichenes Flussboot lag, das für die nächsten paar Tage unser Zuhause sein sollte. Im Aufbau auf dem Oberdeck lagen unsere Kabinen, die zwar nur durch doppelte Spanplatten voneinander getrennt, aber mit Klimaanlage ausgestattet waren, was direkt am Äquator auch notwendig war. Darunter lag der offene Aufenthaltsbereich mit einem Tisch und ein paar Plastikstühlen auf dem blau gestrichenem Deck, am Bug lagen die Kajüten der Mannschaft und am Heck die Küche, das Bad und die

Toilette. Schließlich legten wir ab, und langsam verließ das Flussboot das quirlige Samarinda und arbeitete sich tuckernd stromaufwärts. Die Sonne schien, der Fahrtwind brachte etwas Abkühlung, und es wurden frischer gebratener Fisch und Flussgarnelen mit Nasi Goreng zum Mittagessen aufgetragen, während die Landschaft an uns vorüber zog. Direkt am Ufer zwar waren kurz hinter Samarinda weite Flächen abgeholzt, hier gab es lediglich Grasflächen, die mit grau verwitterten Baumstümpfen durchsetzt waren, aber dahinter und je weiter flussaufwärts wir kamen auch näher am Ufer, gab es damals noch dampfenden ursprünglichen Dschungel, aus dem unbekannte Vogel- und Tierlaute zu uns drangen. In Tenggarong legten wir wieder an und besichtigten den ehemaligen Sultanspalast, den die Niederländer in den 1930er Jahren für den Sultan errichtet hatten, und der nun ein Museum beherbergte. Zu besichtigen gab es Gegenstände der Dayak und aus der Sultanszeit, wie Porzellan und Puppen mit Kleidungsstücken und dergleichen. Nach kurzem Aufenthalt ging es wieder an Bord und wir setzten die Fahrt bis Sonnenuntergang fort. Dann wurde für die Nacht festgemacht.

Am nächsten Tag besuchten wir weiter flussaufwärts ein nicht mehr bewohntes, für Touristen hergerichtetes Dayak-Langhaus, das auf Pfählen errichtet war und drei unterschiedlich hohe Firste aufwies, mit dem höchsten im Bereich der Häuptlingswohnung in der Mitte. Die Höhe des Firstes korrespondierte mit der sozialen Stellung der Familien, die unter dem Dach lebten. Über die ganze Länge des Hauses verlief eine Veranda mit mehreren Feuerstellen, die als öffentlicher Raum genutzt wurde. Von dort führten Türen in die Wohnräume der Familien, und in den Dachsparren des Wohnraums des Häuptlings hingen für gewöhnlich die bei der Kopfjagd erbeuteten Schädel. In einem Langhaus lebten normaler Weise 20 bis 40 Familien, insgesamt etwa 150 Personen.

Es gab bei dem Dayakvolk der Lepo Tau-Kenyah fünf soziale Klassen: Höherer Adel, niederer Adel, Großbürger, einfache Bürger sowie Sklaven. Tätowierungen, die Länge des Lendentuches und die Verzierungen der Kleidungsstücke wiesen auf die soziale Stellung des Trägers hin. Die Adeligen personifizierten die verstorbenen Ahnen, die nach ihrem Tod götterähnlich wurden, und nur Personen aus dieser Bevölkerungsschicht konnten zum Häuptling gewählt werden und durften Sklaven besitzen. Früher konnte die soziale Stellung durch Teilnahme an Kopfjagden verbessert werden, doch die Zeiten waren vorbei, so dass sie sich heutzutage aus Abstammung, Alter und Geschlecht ergab.

Die Lepo Tau-Kenyah glaubten an eine beseelte Welt, das hieß, dass alles zur Natur gehörende eine Seele hatte und Wohnstätte der Götter und Geister war. Nach ihrer Vorstellung wurde der Mensch von Geburt an mit allen wichtigen Gaben ausgestattet: Verstand, Körper und Seele. Diese Gaben galt es pfleglich zu behandeln, denn beim Eintritt in das Totenreich mussten alle Bestandteile unversehrt sein. Unter dem Totenreich stellten sich die Lepo Tau-Kenyah eine perfekte Welt vor, mit prächtigen Langhäusern und Wegen aus Perlen und Gold. Der Kopf war Sitz der Seele, und mit den Kopftrophäen eignete sich die Gruppe die Seele, die Stärke, die Fähigkeiten und die Macht des einstigen Trägers an. Die Köpfe wurden in speziell für dieses Ritual erbauten Hütten präpariert und angebetet. Während dieser Zeremonie stellte ein als Medium wirkender Schamane die Verbindung zwischen der Götterwelt und der realen Welt her, und versuchte so Krankheiten zu heilen, eine gute Reisernte zu erbitten, oder die Götter zu besänftigen. Auch wenn die Kopfjagd nicht mehr stattfand, gab es noch zahlreiche Reminiszenzen daran in Tätowierungen, der Textilkunst und den Schnitzereien (Vgl. Nickels 2001, S.17).

Die Tätowierungen standen in Verbindung zu den wesentlichen Aspekten des Lebens, wie dem Fruchtbarkeitsglauben, und dem Geister- und Totenreich. Auch zeigten sie eine erfolgreiche Teilnahme an Kopfjagden an und galten als sichtbare Opfergabe an die Götter. Daneben sollten sie den Jäger stärken und beschützen. Flügel auf der Brust etwa symbolisierten den Hornbillvogel, der für den Kriegsgott Sengalong Bulong stand. Tätowiert wurde aber auch bei Krankheiten, um die Götter zu besänftigen. Genauso wie die Männer trugen auch die Frauen Tätowierungen, die bei ihnen für besondere Fähigkeiten beim Singen, Tanzen oder Weben standen, als Fruchtbarkeitssymbol oder als Schutz vor bösen Geistern. Allgemein konnte festgehalten werden, dass Tätowierungen einerseits die Stellung des Trägers in der Gesellschaft anzeigten, andererseits aber auch eine Kunstform waren, die Menschen, Tiere und Pflanzen verschmelzen ließ und so als Voraussetzung für den Zugang zum Totenreich fungierten (Vgl. Ebenda, S.17).

In einem Dayakdorf weiter flussaufwärts in der Nähe des Semayang-Sees durften wir dann einer nächtlichen Geisterbeschwörungszeremonie des Dorfschamanen beiwohnen, nachdem wir ein Gastgeschenk in Form von einigen Stangen Nelkenzigaretten überreicht hatten. An diese Zeremonie erinnere ich mich nicht mehr deutlich, nur dass mehrere, traditionell gekleidete Männer mit gefiedertem Kopfschmuck um ein Feuer herum saßen und später zu Trommelklängen tanzten, weiß ich noch. Wer genau weswegen beschworen wurde und ob dies Wirkung zeigte, konnte ich nicht beurteilen.

Die folgende Nacht verbrachten wir in einem *Losmen* mit grauem Mandi aus Beton und reinlich wirkenden freundlichen Zimmern. Allerdings brachte der nächste Morgen dann für uns alle juckende, in Reihen zu je drei roten Punkten verlaufende Bisse mit sich, und ein Blick unter das Laken an der Unterseite der Matratze bestätigte das Vorhandensein eines wahren Flohzirkus in den Betten. Eigentlich hätten wir in einem Langhaus für Gäste übernachten sollen, doch waren wir kurzerhand ausquartiert worden, nachdem ein hoher Beamter aus Jakarta samt Entourage das ganze Haus in Beschlag genommen hatte. Am nächsten Tag fand dann eine Tanzdarbietung statt, zu der wir auf der offenen Pritsche eines Pick-up chauffiert wurden. Hier durften wir neben dem Funktionär, der ebenfalls anwesend war, Platz nehmen, so dass etwas von seinem Glanz huldvoll auch auf unsere zerstochenen Wenigkeiten abstrahlte.

Den Rückweg legten wir höchstwahrscheinlich per Schnellboot wieder bis Muara Kaman zurück, wo wir vermutlich in einen Kleinbus umstiegen, und auf der von dort an die Küste zurückführenden Straße über Samarinda nach Balikpapan zurückkehrten. Hier übernachteten wir im Hotel Benakutai, einem modernen, mit allen

Annehmlichkeiten ausgestatteten Haus für australische, amerikanische und europäische Ölförderfachleute, die im Auftrag von Pertamina, Union Oil oder Total unterwegs waren. Am nächsten Tag flogen wir dann schließlich vom Seppingan-Flughafen mit der Garuda voller neuer Eindrücke nach ereignisreichen Tagen zurück nach Jakarta.

Abschied von Indonesien

Leer kam mir unser Haus in Jakarta riesig vor. Nur die Möbel, die die Käufer des Hauses, eine befreundete indonesische Notarfamilie, übernehmen wollten, verteilten sich spärlich über Küche, Schlaf-, Ess- und Wohnzimmer. Die Hausangestellten waren versorgt, die neuen Hauseigentümer übernahmen sie, und auch der Chauffeur Timin wurde von der Firma Siemens weiterbeschäftigt. Nachdem wir 1980 die erste Zeit so lange Zeit in Hotels in Bandung und Jakarta gelebt hatten, blieben wir nun bis zur letzten Nacht in Indonesien in dem Haus, das für die letzten sieben Jahre unsere Heimstätte gewesen war. Ein letztes Mal schlief ich mit dem Geräusch der ratternden Klimaanlage ein, und nahm am Morgen im Halbschlaf die Schläge des Wachmannes an der Straßenlaterne wahr. Dann hieß es aufstehen, frühstücken und in dem japanischen Kleinbus der Firma über die Mautautobahn zum neuen Flughafen in Cengkareng fahren.

Begleitet wurden wir von Verwandten und von Dewi, die nicht direkt eine Freundin von mir war, sondern eher ein Groupie, und die im Gegenzug für eine kindliche Art von Bewunderung sehr direkt und bestimmt Aufmerksamkeit erwartete und auch einforderte. Sie war Schülerin einer christlichen Schule in direkter Nachbarschaft zur deutschen Schule und hatte sich als Fan unserer Basketballmannschaft, die immer Freitagnachmittags trainierte, in mein Leben eingeschlichen. Da Dewi sich zu dieser Zeit als Deutschschülerin des Goethe-Instituts ebenfalls regelmäßig in der deutschen Schule aufhielt, wurde sie durch eine gewisse Hartnäckigkeit und Ausdauer zu einem treuen Fan unserer Mannschaft im Allgemeinen und von mir im Besonderen, mit allen Implikationen, die das mit sich brachte, wie Eintragung meinerseits in ihr Poesiealbum, und den Austausch von Telefonnummern, wobei ich nie bei ihr anrief, und auch sonst versuchte, mich ihr gegenüber mit einer Salamitaktik hinhaltend bis vermeidend zu verhalten. Sie hat das natürlich alles registriert, aber gerade dadurch, dass sich unsere Beziehung so gestaltete, waren die Verhältnisse klar, was die Grundlage dafür lieferte, dass der Kontakt nie abbrach und ich heute noch mit ihr in Verbindung stehe. Sie gönnt mir Pausen, und ich versuche ihre sporadisch geballt auftretenden SMS und Emails in chronologisch richtiger Reihenfolge abzuarbeiten.

Diese gute Dewi begleitete uns also in aller Herrgottsfrühe zum Flughafen während ich mit einem Kloß im Hals zwischen unserem Handgepäck und dem Käfig für unseren Kater Garfield, der mit uns reiste, darauf wartete, dass ich an der Reihe war, mich von meiner Tante Su, den Cousinen Maya, Irma und Fitri und unserem Fahrer Timin zu verabschieden. Schließlich war es soweit, und wir hatten uns von allen verabschiedet. Dem Einchecken am Schalter folgte ein kurzer Aufenthalt im Wartesaal des pavillionartig gestalteten Flughafens. Nach Aufruf unseres Fluges bestiegen wir den Airbus A 300 der Garuda mit dem Ziel Singapur, und nachdem alle Passagiere an Bord waren, wurden die Türen geschlossen und das Flugzeug von einem Schlepper aus der Parkposition herausbugsiert, bevor es mit Kraft der eigenen Triebwerke zur Startbahn rollte. Dann gab der Pilot volle Schubkraft, die Maschine beschleunigte, und ich wurde in den Sessel gedrückt. Deutlich nahm ich wahr, wie erst das Vorderrad abhob und schließlich auch mit einem kleinen Sprung die Hinterräder, während am Fenster in einiger Entfernung langsam und einprägsam die flachen verglasten Pendopos der Abfertigungsgebäude mit ihren roten Dachziegeln vorüber zogen.

Es war 1990, und wir hatten den indonesischen Boden nach zehn Jahren Aufenthalts voller überwiegend schöner Erlebnisse verlassen. Das Flugzeug bohrte sich in den dunstigen Morgenhimmel und ich konnte noch sehen, wie draußen Dörfer, Fabrikhallen, Reisfelder und Autobahnen rasch kleiner wurden, bevor wir die Wolkendecke erreichten. Für Heimweh war es noch zu früh, aber ich spürte klar, dass gerade ein scharfer Schnitt stattgefunden hatte, und bange sah ich mit allen Hoffnungen und Erwartungen der Zukunft in Deutschland entgegen, einem Land, das ich nur von den vier Jahren Aufenthalts in meiner frühesten Kindheit und den Sommerurlauben her kannte.

Glossar

Ayam	Hähnchen
Babi Kecap	Gebratenes Schweinefleisch in Sojasoße
Bahasa	Sprache
Bakmi Bakso	Nudelsuppe mit Fleischbällchen
Bakmi Goreng	Gebratene Nudeln
Becaks	Dreirädrige Fahrradrikschas
Bersiap	Seid bereit, Phase des indonesischen Unabhängigkeitskrieges, die von August 1945 bis Dezember 1946 andauerte
Bunderan HI	Verkehrskreisel am Hotel Indonesia in Jakarta
Cap Cai	Gemüse mit Garnelen und Rindfleischstreifen
Dalang	Puppenmeister
Expatriates	Im Ausland Lebende
Gamelan	Klassisches javanisches oder balinesisches Orchester mit Xylophonen und Gongs
Garuda	Mythischer Vogel
Gedung	Gebäude
Golok	Hackmesser, kurze Machete
Gunungan	Ursprünglich Abbild des Himmelsberges Meru, aus dem der Weltenbaum Nagasari wächst. Zeigt im Wayang kulit u.a. Beginn und Ende einer Episode an (Vgl. Stutterheim 1926, S.13)
Gunung	Berg
Indos	Indonesisch-europäische Eurasier
Istana Merdeka	Freiheitspalast, Amtssitz des indonesischen Präsidenten

Jalan	Straße
Kailan	Gemüsekohlart
Kampung	Dorf
Kretek	Tabakmischung mit Nelken
Kris	Stoßdolch mit wellenförmiger Klinge
Krupuk	Garnelenchips
Losmen	Pension
Mandi	Badezimmer
Nasi Campur	Gemischter Reis
Nasi Goreng	Gebratener Reis
Oplet	Sammeltaxi
Pendopo	Javanischer Pavillion
Perserikatan	Vereinigung
Ratu Adil	Gerechter König, Heilsbringergestalt javanischer Tradition
Rum	Arabisch für Byzanz, also das Osmanische Reich (Vgl. Hall 1981, S.508)
Sambal	Chilipaste
Stupa	Schopf, ursprünglich halbkugeliger Grabhügel in Indien
Susuhunan	Königlicher Fuß (d.h. auf dem Kopf des Respekt zollenden Vasallen), Titel der Herrscher von Mataram und Surakarta (Vgl. Hall 1981, S.308)
Tanah	Erde, Land
Tempo doeloe	Alte Zeit
Toko	Laden
Warung	Essens- und/oder Verkaufstand
Wayang kulit	Schattenspiel mit Figuren aus gestanztem Leder

Quellen

Otto *Abt* (2001): Von Liebe und Macht, das Mahabharata, Horlemann Verlag, Bad Honnef, Deutschland.

Robert *Cribb* (2000): Historical Atlas of Indonesia, University of Hawai'i Press, Honolulu, USA.

Joe *Cummings*, Susan *Forsythe*, John *Noble*, Alan *Samagalski* und Tony *Wheeler* (1992): Indonesien-Handbuch, Verlag Gisela E. Walther, Bremen, Deutschland.

Bernhard *Dahm* (1999): Der Dekolonisationsprozess und die Entstehung moderner Staaten, in: Bernhard *Dahm* und Roderich *Ptak* (Hrsg.), (1999): Südostasienhandbuch, Verlag C. H. Beck, München, Deutschland.

Der Spiegel (1950): Zu erschöpft, Der Spiegel 5/1950, 02.02.1950, Hamburg, Deutschland.

Ernst *Diez* (1940): Entschleiertes Asien, Paul Zsolnay Verlag, Wien, Österreich.

Horst H. *Geerken* (2009): Der Ruf des Gecko – 18 erlebnisreiche Jahre in Indonesien, Books on Demand GmbH, Norderstedt, Deutschland.

Clifford *Geertz* (1980): Negara – The Theatre State in Nineteenth-Century Bali, Princeton University Press, Princeton, USA.

Clifford *Geertz* (1991): Religiöse Entwicklungen im Islam – Beobachtet in Marokko und Indonesien, Suhrkamp Verlag, Frankfurt am Main, Deutschland.

Karl *Gratzl* (2000): Mythos Berg. Lexikon der bedeutenden Berge aus Mythologie, Kulturgeschichte und Religion, Hollinek, Purkersdorf, Österreich.

Daniel George E. *Hall* (1981): A History of South-East Asia, 4th Edition, The Macmillan Press Ltd., London and Basingstoke, United Kingdom.

D. G. E. *Hall* (1988): Sejarah Asia Tenggara, Usaha Nasional, Surabaya, Indonesia.

Adolf *Heuken* SJ (1989): Historical Sights of Jakarta, Cipta Loka Caraka, Third Edition by Times Books International, Singapore.

George McTurnan *Kahin* (1952): Nationalism and Revolution in Indonesia, Cornell University Press, Ithaca, New York, USA.

Kerstin *Kastenholz* (2001): Kunst und Kultur Balis, in: Tanja *Carbone*, Niklas *Gebert*, Osman *Rzyttka*, Uwe *Singer* und Till *Winkelmann* (2001): Arbeitsreader der großen Exkursion Indonesien, Geographische Institute der Rheinischen Friedrich Wilhelms Universität Bonn, Deutschland.

Paul *Kirsch* (1994): Die Reise nach Batavia, Ernst Kabel Verlag, Hamburg, Deutschland.

Jaqueline *Knörr* (2007): Kreolität und postkoloniale Gesellschaft – Integration und Differenzierung in Jakarta, Campus Verlag, Frankfurt am Main, Deutschland.

Edwin M. *Loeb* (1985): Sumatra – Its History and People, Oxford University Press, Singapore.

Merbabu (o.J.): Bersiap, in: *Merbabu et al.*, Articles on the Dutch East Indies, Hephaestus Books, k.O., USA.

Merbabu (o.J.): Dutch East Indies, in: *Merbabu et al.*, Articles on the Dutch East Indies, Hephaestus Books, k.O., USA.

Niels *Mulder* (1998): Mysticism in Java – Ideology in Indonesia, The Pepin Press, Singapore and Amsterdam, Netherlands.

Sebastian *Nickels* (2001): Kalimantan – Dayak – Naturreligion, in: Tanja *Carbone*, Niklas *Gebert*, Osman *Rzyttka*, Uwe *Singer* und Till *Winkelmann* (2001): Arbeitsreader der großen Exkursion Indonesien, Geographische Institute der Rheinischen Friedrich Wilhelms Universität Bonn, Deutschland.

Thomas Stamford *Raffles* (1988): The History of Java, Oxford in Asia Hardbacks Reprints, Oxford University Press, Singapore.

M. C. *Ricklefs* (1981): The Javanese in the eighteenth and nineteenth centuries, in: Daniel George E. *Hall* (1981): A History of South-East Asia, 4th Edition, The Macmillan Press Ltd., London and Basingstoke, United Kingdom.

Olaf *Schumann* (1999): Der Islam, in: Bernhard *Dahm* und Roderich *Ptak* (Hrsg.), (1999): Südostasienhandbuch, Verlag C. H. Beck, München, Deutschland.

Sindhunata (1992): Hoffen auf den Ratu Adil, Verlag Dr. Kovac, Hamburg, Deutschland.

W. F. *Stutterheim* (1926): Kulturgeschichte von Java im Bild, Java-Instituut und G. Kolff & Co., Weltevreden, Niederländisch-Ostindien.

Roelof *van Gelder* (2004): Das ostindische Abenteuer – Deutsche in Diensten der Vereinigten Ostindischen Kompanie der Niederlande (VOC), 1600-1800, Convent Verlag, Hamburg, Deutschland.

Jurrien *van Goor* (1999): Unter Europas Herrschaft, in: Bernhard *Dahm* und Roderich *Ptak* (Hrsg.), (1999): Südostasienhandbuch, Verlag C. H. Beck, München, Deutschland.

John *Villiers* (2001): Südostasien vor der Kolonialzeit, 7. Auflage, Fischer Taschenbuch Verlag, Frankfurt am Main, Deutschland.

John *Villiers* (1999): Von den Anfängen bis zu den ersten Staatenbildungen, in: Bernhard *Dahm* und Roderich *Ptak* (Hrsg.), (1999): Südostasienhandbuch, Verlag C. H. Beck, München, Deutschland.

Achim *Wertz* (2009): Sie sind viele, sie sind eins – Eine Einführung in die Geschichte Indonesiens, Glaré Verlag, Frankfurt am Main, Deutschland.

Raymond *Westerling* (1953): Ich war kein Rebell, Verlag Ullstein, Wien, Österreich.